Jetta Heinen, 1994, lebt in ihrer Heimatstadt Köln. *Ich wünschte, wir wären noch Freunde* ist ihr zweiter Roman.

 www.instagram.com/iam_jetta

www.jettaheinen.com

Jetta Heinen

Ich wünschte, wir wären noch Freunde

Roman

Books on Demand

Dieser Titel ist auch als E-Book erschienen

Originalausgabe

Umschlaggestaltung: Chris Ensminger (Viramedio), Magdeburg, Bild: Laura Vinck, www.unsplash.com

© 2020
Herstellung und Verlag: BoD – Books on Demand, Norderstedt.
ISBN:

Weitere Informationen unter
www.bod.de
Bitte beachten Sie auch: www.instagram.com/iam_jetta

Bibliografische Informationen der Deutschen Nationalbibliothek: Die Deutsche Nationalbibliothek verzeichnet diese Publikation in der Deutschen Nationalbibliographie; detaillierte bibliografische Daten sind im Internet über http://d-nb.de abrufbar.

Für meine Freunde.
Für die, die kommen.
Für die, die gehen.
Für die, die bleiben,
vom Anfang bis zuletzt.

Prolog

Freundschaft hebt dich in die Luft. Sie ist dein Flügel und dein Wind. Dein Segel auf der See. Sie ist manchmal leise und manchmal laut. Sie ist alt und jung, fest und lose, aber sie ist da.

Freundschaft ist Luft und Liebe. Sie ist Vertrauen und Geborgenheit. Sie ist auch das, was sie nicht zu sein vermag. Sie ist tief und oberflächlich, unwirsch und klar, sie ist da.

Freundschaft ist Liebe und Leben. Sie ist Ruhe und Glück. Sie ist das, was übrig bleibt. Sie ist oben und unten, rechts und links. Sie ist da.

2020
Paula

Totenstille.

Alles, was ich höre, ist mein eigener Atem, der mir wie ein Eindringling in dieser Kulisse vorkommt. Ich stehe auf dem Kiesweg, den Blick zwischen die Tannen gerichtet, die wie versteinerte Soldaten willkürlich platziert auf der Lichtung stehen. Mein Körper ist ebenso versteinert; vielleicht hat jemand einen Zauberspruch ausgesandt, der jede Bewegung erlischt. Selbst der Wind ist regungslos, selbst das Licht. Nur das Gras nicht, das rechts und links neben dem Kiesweg wächst. Es schreit, es scheint seine kleinen Finger nach mir auszustrecken und meine Knöchel umfassen zu wollen. Der Kies schützt mich nicht. Er ist lediglich ein stummer Beobachter in dieser Szene.

Von irgendwoher kommt ein Glockenläuten. Nicht von irgendwoher, von der kleinen Kapelle, die zwischen den Tannen steht. Meine Hände frieren, die Kälte frisst sich meine Unterarme hinauf, als hätte ich metertief in eisigem

Schnee gegraben. Ich könnte einfach weglaufen, aber mir klebt Teer unter den Sohlen, Teer, der in den vergangenen Jahren immer mehr geworden ist, sodass ich jetzt nicht mehr gehen kann. Ich stand zu lange an diesem Fleck auf dem Kiesweg, jetzt ist er zwischen die Steine gelaufen und ich stehe hier für immer.

Zwischen den Tannen bewegen sich Menschen. Zahlreiche sind es, in Schwarz gekleidet. Männer und Frauen. Gesichtslos sind sie. Nur der Mann, der einen schwarzen langen Talar trägt, schaut in meine Richtung, ohne zu mir zu sehen. Er steht der Gruppe zugewandt, hält eine Bibel in der Hand. Ich hätte auch gerne irgendetwas in der Hand, an dem ich mich festhalten kann, auch wenn es nur ein Buch ist.

Plötzlich schubst mich der Teer unter meinen Sohlen nach vorne, ich stolpere zwei Schritte, dann bläst mich eine starke Böe von dem Weg. Ich trete ins Gras, schaue hinunter auf meine Füße und beeile mich wieder auf den Kiesweg zu kommen.

„Der Boden ist Lava." Bens Stimme in meinem Ohr. Ich schreie auf, ganz kurz nur, ganz leise. Niemand hört mich.

Langsam gehe ich auf die Tannen zu, die sich zur Seite zu schieben scheinen, die den Blick immer weiter freigeben auf dieses Loch im Boden, um das die Gruppe herumsteht. Um dieses tiefe, schwarze Loch, das von hier bis zum Erdkern führt.

Ich höre nicht, was der Pfarrer sagt. Ich stelle mich hinter einen großen Mann und kann an ihm vorbei auf den Grabstein sehen.

Ben Schüttler

* 22. April 1990

† 10. Oktober 2020

Ich presse meine Lippen aufeinander, um meine Tränen zurückzuhalten. Als ginge das so einfach, als gäbe es einen Mechanismus, der verhindern kann, dass ich weine. Es funktioniert nicht. Die Tränen kriechen über meine Wangen bis zu meinem Kinn, absprungbereit. Ich versuche mich auf die Worte des Pfarrers zu konzentrieren, aber er bewegt nur seine Lippen. Mehr nicht. Es kommt kein einziger Ton aus seinem Mund. Mit einem Mal herrscht tosender Lärm in meinem Kopf, ganz so, als würde ich auf dem Randstreifen einer Autobahn stehen. Ich will mir die Ohren zuhalten, aber dann höre ich den Mann in seinem Talar noch weniger. Ich bin mir sicher, dass es wichtig ist; das, was er sagen will. Bestimmt ist es wichtig, denn in den Gesichtern, die ich jetzt doch erkennen kann, sehe ich dieselbe Regung; und Worte, die eine einzige Regung auslösen, müssen wichtig sein. Bedauern. Ich glaube, dass man das Gefühl so nennt. Bedauern oder Liebe.

Als hätte mich jemand mit einem Fingerzeig darauf hingewiesen, bemerke ich Blicke auf mir. Als ich den Kopf zur Seite drehe, sehe ich sie. Sie hat den Kopf gesenkt und doch sieht sie zu mir. Ihr Blick ist unergründlich, ihre dunklen

Augen verraten mir, dass sie auf mich gewartet hat, dass sie es mir nicht verziehen hätte, wenn ich nicht gekommen wäre. Sie hat ihre dunklen, wilden Locken gezähmt, gebändigt mit einem dicken schwarzen Zopfgummi. Sie hat ihre Augen nicht geschminkt, vielleicht hat sie geweint. Sie sieht aus, als hätte sie hundert Jahre lang geschlafen. Oder als hätte sie hundert Jahre lang nicht geschlafen. Sicher bin ich mir nicht.

Schnell wende ich den Blick ab. Erst schaue ich auf meine Hände, dann auf den Boden, als müsste ich mich vergewissern, dass er mir nicht unter den Füßen weggezogen wurde. Ich wusste ja, dass sie kommt. Ich war mir fast sicher. Als ich wieder zu ihr blicke, erkenne ich ihn. Natürlich neben ihr. Er hat seine Haare raspelkurz. Ich hätte ihn fast nicht erkannt, weil er nicht lacht. David hat immer gelacht. Nur jetzt nicht. Er lächelt nicht einmal. Er sieht nicht zu mir. Er starrt auf das Loch. Das unendlich tiefe. Er trägt einen Anzug. Schwarz. Marta neben ihm einen schwarzen langen Mantel. Was sie darunter anhat, kann ich nicht erkennen. Bestimmt sind sie zusammen gekommen. Irgendwie wünsche ich es mir.

Die Frau links von mir drückt ihr Taschentuch an die Nase und schluchzt, ich habe das Gefühl, ich müsste es ihr gleichtun. Als sei das, was sie dort tut, ein Ausschnitt aus einer Choreographie, aus deren Takt ich nicht kommen darf. Marta hat kein Taschentuch in der Hand. David auch nicht.

Vielleicht ist es nicht schlimm, wenn ich aus dem Rhythmus komme. Vielleicht gehöre ich auch nicht hinein. In den Takt.

2003

Montags in der ersten Stunde stand Mathe auf dem Stundenplan. Wahrscheinlich weil die Konzentration von Zwölfjährigen in der ersten Stunde noch am höchsten ist und der Lehrer so zumindest die Chance hat, etwas zu erklären, was eventuell verstanden wird. Erst seit Freitag gab es eine neue Sitzordnung, die Paula, Marta, David und Rafa auseinandergerissen hatte. Vorher hatten sie so gesessen, dass sie ihre Tische, wenn Gruppenarbeit angesagt war, aneinanderschieben konnten. Paula neben Marta, David neben Rafa. Jetzt saß Marta neben Gerrit, der ihr pausenlos in den Ausschnitt glotzte; David saß direkt vor dem Pult an einem Einzelplatz und Rafa ganz rechts an der Wand neben Max, mit dem er zusammen Fußball spielte. Diese Kombi hatte der Lehrer skeptisch beäugt, aber sich wohl dazu entschieden, abzuwarten, was die Zeit brachte. Paula saß genau in der Mitte der Klasse neben der dicken Anne, die immer nach Wurstbrot roch, weil ihr Vater Metzger war.

Es war ungefähr viertel nach acht, als es an der Tür zum Klassenzimmer klopfte, dann kam der Direktor herein. Ihm auf den Fersen ein Junge; er hatte ein Piercing in der Nase und seine Tasche locker über seine linke Schulter gehängt. Ihn schien es keineswegs zu beeindrucken, vor einer fremden Klasse zu stehen. Vielmehr warf er den Mitschülern einen abschätzigen Blick zu. Der Direktor stellte ihn als Ben Schüttler vor, er war hergezogen. Als er von *hergezogen* sprach, schien er sich unsicher über seine Wortwahl zu sein, aber Ben nickte nur lässig.

„Wo setzen wir dich denn hin?", überlegte der Mathelehrer laut, als der Direktor das Klassenzimmer verlassen hatte. Er scannte die Sitzreihen und sein Blick blieb an der dicken Anne hängen. David in der ersten Reihe folgte seinem Blick und grinste Paula an, die so tat, als würde sie die Patrone in ihrem Füller wechseln. „Anne, setz du dich doch mal eine Reihe nach hinten", schlug der Lehrer vor, dann berührte er den Neuen an der Schulter. „Setz dich neben unsere liebe Paula."

Paula zuckte zusammen, als sie ihren Namen hörte. Anne neben ihr sortierte ihre Buntstifte in ihr Federmäppchen, klemmte sich ihre Hefte unter den wulstigen Arm und schnaufte zum hinteren Tisch. David grinste noch immer und sah Ben dabei zu, wie er durch den Gang schlurfte und den Stuhl, auf dem Anne gesessen hatte, ein Stück weiter nach hinten zog. Am liebsten hätte Paula sich zu Marta umgedreht, um ihre Reaktion erkennen zu können, aber weil Ben jetzt direkt neben ihr stand, wagte sie es nicht. Als er sich neben ihr auf den Stuhl fallen ließ, hielt Paula die Luft an, dabei hatte sie gerade erst bemerkt, dass er nach Zigarettenqualm und einem sehr herben Parfum roch. Billig roch das Parfum, billig und animalisch. Vielleicht sollte es den Zigarettengeruch überlagern, vielleicht sollte es aber auch einfach nur so einschüchternd wirken, wie Paula es empfand.

Der Lehrer setzte seinen Unterricht fort. Ben stellte seinen Rucksack unter den Tisch, lehnte sich im Stuhl zurück und fing an zu kippeln. Paula wusste, wie die Lehrer, die in ihrer Klasse unterrichteten, auf Stuhlkippeln reagierten und wartete auf eine Verwarnung, die jedoch ausblieb. Stattdessen sagte der Lehrer an, dass eine Aufgabe aus dem Buch bearbeitet werden sollte. Paula schlug das Buch auf, überlegte, es in die Mitte zu legen, damit ihr neuer Mitschüler mit hineingucken konnte. Er regte sich nicht, verschränkte nur die Arme vor der Brust und schien abzuwarten, wie Paula sich entschied. Sie legte es in die Mitte des Tisches, schlug ihr Heft auf und fing an zu rechnen. Der Lehrer beäugte den neuen Schüler, sagte aber wieder nichts. Scheinbar konnte er sich Stuhlkippeln und Arbeitsverweigerung erlauben.

Paula hatte gerade die zweite Aufgabe gerechnet, da bemerkte sie, dass Ben mit fast apathischem Blick aus dem

Fenster schaute. Vor dem Klassenzimmer im ersten Stock des Schulgebäudes standen alte dicke Eichenbäume, deren Blätter in Anbetracht der Jahreszeit blühten.

„Hast du noch kein Schulbuch?"

Paula hatte gar nicht bemerkt, dass der Lehrer plötzlich vor Ben stand, der nicht auf seine Frage reagierte. Sein Blick veränderte sich nicht, blieb starr auf einen fernen Punkt gerichtet, von dem sich Paula sicher war, niemand anderes würde ihn sehen.

„Wie war sein Name noch gleich?", wandte sich der Lehrer an sie.

„Ben", sagte Paula leise.

„Richtig." Der Lehrer nickte, als hätte sie die Lösung für eine mathematische Formel gegeben. „Ben?" Er tippte zweimal auf die Tischplatte.

Mit einem Mal erwachte Ben aus seiner Trance. „Bitte?", fragte er gepresst. Seine Stimme war tief, tiefer als Paula es erwartet hätte. Als er sprach, verstärkte sich der Geruch nach Zigaretten.

„Hast du noch kein Buch?", wiederholte der Lehrer geduldig seine Frage.

Ben schaute von ihm zur Tischplatte, auf der keine Materialien lagen, dann zu Paula, die sich unter seinem Blick duckte. „Nein", sagte er und es klang mehr nach einer Frage. Als wüsste er nicht, dass er in der Schule ein Buch brauchte. Ein Buch und Hefte. Stifte. Radiergummis. Er sah seinen Lehrer an, als würde er ihn gar nicht richtig erkennen und als würde er sich fragen, ob er diesen Menschen jemals vorher gesehen hatte.

„Am Mittwoch hast du ein Schulbuch", sagte der Lehrer, aber seine Strenge war aufgesetzt. Der Neue machte ihn nachdenklich, er wusste nicht recht, wie er einzuschätzen war. Und so ging es Paula auch. Sie wusste nicht, ob sie sich vor ihm fürchten sollte oder ob er ihr imponierte. Er wirkte exotisch. Anders.

Als es zum Stundenende klingelte, zuckte Ben zusammen. Er nahm seinen Rucksack unter dem Tisch hervor, schulterte ihn auf die gleiche Weise wie vorhin und verließ, ohne einen der anderen eines Blickes zu würdigen, das Klassenzimmer.

2020
Marta

Paula ist anzusehen, dass ihr der Weg hierher schwergefallen ist. Die Porzellanpuppe mit ihrer hellen Haut, den dunkelbraunen, fast schwarzen Augen, den vielen Sommersprossen. Handbemalt wirkt sie noch immer. Als hätte sich jemand Zeit genommen, um sie zu erschaffen. Sie wirkt gleichzeitig wie ein verschrecktes Tier, ein Reh, das auf einer Landstraße vor ein Auto läuft und Glück hat, dass der Fahrer rechtzeitig bremst. Als sie mich sieht, zuckt sie zusammen, als wäre sie versehentlich gegen einen elektrischen Weidezaun gelaufen. Sie wirkt jung. Jung und naiv, als hätte die Zeit entschieden, sie nicht altern zu lassen.

Ich spüre, wann David sie entdeckt. Es ist noch immer so, als hielten uns unsichtbare Bänder zusammen. Bänder, die einst zerschnitten worden waren. Vielleicht auch zerrissen sind.

Der Pfarrer findet schöne Worte, aber ich höre ihm nicht zu. In der Kapelle vorhin hat er von einem Fremden gesprochen. Den Ben, den er verabschiedet hat, kannte ich nicht; das war ein Ben aus einem anderen Leben, einem Leben nach uns. David hört zu; er war einmal alles, was ich im Leben hatte und jetzt ist er ein Komparse, der beiläufig dieses Set durchstreift, ohne Aufgabe, ohne groß Beachtung zu erwarten.

Die Leute, die sich hier versammelt haben, passen nicht zu Ben. Wenn sie Weggefährten von ihm waren, dann Weggefährten aus den letzten acht Jahren. Niemanden von ihnen habe ich je gesehen, niemanden von ihnen hier erwartet. Sie sind adrett gekleidet, herausgeputzt, so war Ben nie, mit Leuten wie diesen hat er sich nicht abgegeben. Ich frage mich, ob ich am richtigen Grab stehe.

Ich sehe hinüber zu dem Notar in seinem schwarzen Anzug. Er wirkt von der ganzen Szenerie wenig berührt. Er hat eine betretene Miene aufgesetzt, die ich ihm beinahe abkaufe. Vorhin hat er David und mich angesprochen. Als wir die Kapelle verlassen haben, stand er im Eingang und lächelte uns an.

„Sind Sie Frau Neuhauser und Herr Steiner?", hatte er gefragt. Mit einer Stimme, der man gerne zuhört.

David hatte für uns beide geantwortet und der Notar hatte sich vorgestellt, uns ein Foto gezeigt. Paula war auf dem Foto. Neben ihr Rafa, daneben Ben, David, ich. Das Foto war ein Fausthieb in die Magengrube. Es ist viel passiert, seit dieses Bild entstanden ist.

Jetzt beobachtet der Notar Paula, die er sicher von dem Bild wiedererkennt und ich habe das Bedürfnis, sie vor seinen Blicken zu beschützen. Er hatte gefragt, ob sie hier sei. Sie und Rafa. Ich hatte verneint. Er hatte uns gebeten, nach dem Begräbnis zu ihm zu kommen. Was er wollte, hatte er nicht gesagt.

Paula steht maximal drei Meter von uns entfernt, als das Begräbnis zu Ende ist. Sie sieht zu uns hinüber, ich höre sie denken; sie überlegt, welche Reaktion angemessen ist. Sie steckt sich eine Strähne hinter ihr Ohr und als wir einen Schritt auf sie zumachen, macht sie zwei in unsere Richtung.

Es fühlt sich seltsam an, beieinander zu stehen. Die Begrüßung ist fad. Lose. Als müsste man sie gut festhalten, damit sie überhaupt hält. Wir halten Abstand zueinander, umarmen uns nicht, geben uns nicht die Hand. Sagen „Hi", ohne zu fragen, wie es uns geht. Sicherheitsabstand. Von einem Fuß auf den anderen zu treten ist leichter, als die Hürde zu überwinden, die zwischen uns aufgebaut worden ist.

„Er will mit uns reden", höre ich mich sagen und zeige auf den Notar, der zu uns hinübersieht.

„Okay", sagt Paula schnell, so schnell, als wäre sie auf der Flucht. Vor uns.

Bevor wir zu ihm hinübergehen, nimmt David sie doch in den Arm. Umständlich, es sieht aus wie ein Versehen. Und um die Situation nicht noch peinlicher zu machen, entscheide ich mich dagegen, es ihm gleichzutun.

„Frau Körner?" Der Notar reicht Paula seine Hand. Es ist seltsam ihren Namen zu hören. Als sei er in Vergessenheit geraten. Die Erinnerung tut weh, aber das gestehe ich mir nicht ein. Ich habe meine Rüstung an. Nicht erst seit ich Paula gesehen habe, seit ein paar Tagen. Seit die Nachricht kam, dass Ben nicht mehr lebt. Ich habe sie in Lichtgeschwindigkeit angezogen, sonst wäre ich verbrannt.

Paula wirkt überrascht davon, was dieser Mann von uns will und mir geht es ähnlich. Nein, mir geht es genauso. David steckt seine Hände in seine Hosentaschen, er ist älter geworden, obwohl ich mitbekommen habe, wie er gealtert ist. Wir wohnen in unterschiedlichen Städten, aber wir haben regelmäßig Kontakt. Regelmäßigkeit ist nicht mit Kontinuität zu verwechseln. Regelmäßig ist auch, sich zum Geburtstag und zu Weihnachten zu schreiben. Lockere Unterhaltungen, Smalltalk auf höchstem Niveau. Genauso wie ich es nicht leiden kann, aber besser als nichts. Er hat sich seinen Tarnumhang angezogen; ich erkenne seine wahren Gefühle nicht, wenn ich ihn ansehe; ich spüre sie nur, wenn er nah genug bei mir steht. David, der immer ein Bruder für mich war. Der mich gerettet hat. Ohne den ich nicht wüsste, wo ich bin.

„Kommen Sie", sagt der Notar und geht mit uns über die Kieswege zum Trauerhaus. Dort hält er uns die Tür auf und wir finden uns in einem kleinen Büro ein. Es gibt nicht genügend Stühle, also bleiben wir alle stehen. Der Notar geht um einen Tisch herum und holt das Foto von uns aus dem Jackett. Als er es zwischen uns legt, weitet Paula die Augen. Ich erkenne eintausend Gefühle in ihrem Blick, ich lese unsere Geschichte in einem einzigen ihrer Wimpernschläge ab. Ihre Reaktion geht mir nah. Näher als die Beerdigung, bei der ich mich nicht zugehörig gefühlt habe. Fehl am Platz. Hätte das Schwarz-weiß-Foto von Ben nicht vorne im dunklen Rahmen am Altar gestanden, hätte ich nicht gewusst, von wem die Rede ist. Um wen es geht. Das Foto, sein Name und sein Geburtsdatum, alles, was von ihm geblieben ist.

„Herr Gonzales ist heute nicht anwesend?", fragt der Notar, als wollte er sichergehen.

David zuckt mit den Achseln. Als sein Name fällt, wendet Paula den Blick von dem Foto auf dem Tisch ab.

„Wie auch immer. Herr Schüttler bat mich, im Falle seines Todes diesen Zettel an Sie auszuhändigen", er greift sich ein zweites Mal in das Jackett und zieht einen cremefarbenen Umschlag hervor. Er legt den Umschlag neben das Foto.

Ich fixiere den Umschlag mit meinem Blick und warte darauf, dass er in Flammen aufgeht. Dass er zerfällt. Dass er schmilzt und eine Pfütze auf der Tischplatte hinterlässt.

„Wusste Ben, dass er sterben wird?" David tut so, als gäbe es den Brief gar nicht.

Der Notar senkt den Blick, dann hebt er die Augenbrauen. „Wissen Sie, Herr Schüttler litt unter schweren Depressionen, für die sein Drogenkonsum ursächlich zu sein scheint.

Er hat in den letzten Jahren mehrmals versucht, sich das Leben zu nehmen. Letztes Jahr war er wieder in einer Klinik..." Er sieht uns erwartungsvoll an. Ich erkenne den Vorwurf in seinem Blick.

Ich nehme den Umschlag vom Tisch, neben mir hält Paula die Luft an. „Will jemand?", frage ich und schaue von ihr zu David. Beide schütteln den Kopf.

Ich reiße den Umschlag auf und greife in das Kuvert. Es liegt ein gefalteter Zettel darin. Ich ziehe ihn auseinander. Bens Handschrift. Kaum leserlich. Ein Satz steht auf dem Papier.

Ich wünschte, wir wären noch Freunde.

„Das ist alles?", frage ich den Notar, der träge nickt. Er kennt den Inhalt.

Paula und David haben mit mir gelesen. David nimmt mir den Zettel aus der Hand und dreht ihn um. Die Rückseite ist leer. Paula sieht aus, als würde sie jeden Augenblick in Tränen ausbrechen.

2003

Im rechten Flügel des Schulgebäudes war die Turnhalle untergebracht. Wenn man freitagnachmittags Sportunterricht hatte und trödelte, konnte es sein, dass man der letzte im Gebäude war. Rafa hatte nach dem Unterricht mit seinem Lehrer über die bevorstehenden Fußballstadtmeisterschaften gesprochen. Ihm kamen die Klassenkameraden entgegen, als er zu den Umkleidekabinen ging. Mit Max verabredete er sich für das Wochenende, sie erinnerten sich daran, später noch einmal zu telefonieren.

Als Rafa in die Umkleidekabine der Jungen kam, stand nur noch eine einzige Sporttasche auf der Bank gegenüber der Tür. An dem Haken darüber hing nur noch eine Jacke und er wusste gleich, wem diese Jacke gehörte. Er zog sich sein verschwitztes T-Shirt über den Kopf und suchte in seiner Sporttasche nach dem frischen. Als er es übergestreift hatte, kam Ben aus der Dusche. Um die Hüften hatte er ein Handtuch gebunden. Als er Rafa sah, war er erschrocken und gleichgültig gleichzeitig. Er schlenderte ohne ein Wort zu seiner Tasche.

Rafas erster Instinkt war, seine Klamotten in seine Tasche zu werfen und die Kabine zu verlassen. Er schlüpfte in seine Sneaker und zog seine Trinkflasche aus der Tasche, dann fiel sein Blick auf Bens Rücken, der ihm zugewandt war. Erst beim zweiten Blick sah er die kleinen, hellen Narben, die sich über seinen Rücken zogen. Ehe er sie genauer betrachten und den Ursprung ergründen konnte, hatte Ben sein T-Shirt übergezogen. Er drehte sich zu Rafa um, der neben seiner Sporttasche stand und hob die Augenbrauen.

Rafa schulterte seine Tasche, überlegte es sich anders und stellte sie wieder ab. „Spielst du Fußball?" Es waren die ersten Worte, die er mit dem Neuen sprach, der jetzt schon seit ein paar Wochen in seine Klasse ging. Ben erschien zum Stundenbeginn und verschwand, sobald es klingelte. Auf den beiden Schulhöfen war er nie zu sehen. Es hatte sich bisher keine Situation ergeben, miteinander zu sprechen.

Ben zog die Augenbrauen zusammen, als hätte er Schwierigkeiten, Rafas Frage zu verstehen, dann runzelte er die Stirn. „Nein." Es klang wie eine Gegenfrage.

Rafa nickte und wartete, bis Ben seine Schuhe angezogen hatte. Ausgetretene Winterschuhe, die nicht in die herbstliche Jahreszeit passen wollten.

„Ich bin im falschen Jahrzehnt und im falschen Land geboren", nuschelte Ben vor sich hin.

Rafa legte den Kopf schief und wartete darauf, dass Ben ihn ansah. Sein Blick streifte ihn nur beiläufig, dann hängte er sich seine Tasche über die Schulter, wie er es immer mit seinem Rucksack tat. Rafa verstand das als Zeichen, vorzugehen. Ben folgte ihm.

„In zwei Jahren bin ich hier weg. Berlin. Mal gucken, was dann kommt. Amerika", sagte Ben und zum ersten Mal war so etwas wie Glanz in seinen Augen.

„Berlin", wiederholte Rafa. Er war noch nie dort gewesen, aber er hatte schon einiges über die Hauptstadt gehört. Dass sie schrill sein sollte, laut und dreckig. Nicht unbedingt ein Ort, der ihn anzog. Zu Amerika hatte er eindeutig mehr Berührungspunkte; dort lagen seine Wurzeln.

Ben machte nicht den Anschein, als wollte er Begründungen für seine Aussage liefern, die so gar nicht in den Kontext der Frage passte, ob er Fußball spielte.

Sie gingen die Treppe zum Schulhof hinauf. Ben zog eine Zigarettenschachtel aus der Hosentasche, öffnete sie und nahm gleichzeitig eine Zigarette und ein Feuerzeug heraus. Mit fragendem Blick deutete er auf die Verpackung, aber Rafa schüttelte den Kopf. Ben kommentierte sein Ablehnen nicht, steckte sich die Zigarette zwischen die Lippen und hielt das Feuerzeug an den Glimmstängel.

„Kommst du aus München?" Rafa sah ihm nicht in die Augen, sondern er betrachtete die kleine Flamme, die sich stetig nach oben fraß, je nachdem wie stark Ben an der Zigarette zog.

Ben schüttelte mit Qualm im Mund den Kopf. „Man sieht sich", sagte er stattdessen am Schultor. Er wandte sich ohne ein weiteres Wort von Rafa ab.

2020
David

Bens Umschlag hat die Unterlage gewechselt, er liegt nicht mehr länger auf dem Glastisch im Büro des Notars, sondern auf dem hölzernen Tisch in der kleinen zusammengewürfelten Küche in Maxvorstadt. Marta zieht an ihrer Zigarette, während sie Bens Schrift betrachtet, ohne ihr näherzukommen. Eher sieht es aus, als wäre sie darauf bedacht, Abstand zu dem Umschlag zu halten. Sie kommt mir fremd vor, obwohl ich immer etwas von ihr gehört habe, all die Jahre lang. Ich kenne ihr Schicksal, ich weiß, was sie erlebt, was sie durchgemacht hat.

Ich habe vor zwei Tagen die Luftmatratze im Wohnzimmer aufgepumpt, abends war Marta mit dem ICE aus Berlin gekommen. Sie hatte nicht viel dabei, einen kleinen Rollkoffer, einen, den man als Handgepäck mit ins Flugzeug nehmen kann.

Ich spüre die Stuhllehne im Rücken, sie drückt auf die Wirbelsäule. So ähnlich hat es sich eben angefühlt, Paula wiederzusehen. Sie hatte sich beeilt, das Büro des Notars zu verlassen und ist in Richtung Osten zur nächsten U-Bahn-Station gegangen. Es hat ausgesehen, als müsste sie sich zusammenreißen, um nicht loszurennen.

Bens Handschrift ist eckig, kantig, wie die Schrift eines Grundschulkindes. Die Lehrer konnten sie damals kaum entziffern, er verlor immer Punkte im Darstellungsbereich, egal, in welchem Fach. Es störte ihn nicht. Nichts störte ihn, aber eigentlich störte ihn alles. Das wussten wir nur nicht. Das, was wir für Lässigkeit hielten, war eine Mauer, die er eigenständig und unter großer Anstrengung um sein Herz herumgebaut hatte. Mit dieser Zeile, die er uns hinterlassen hatte, hatte er die Mauer eingerissen. Er hatte eine Abrissbirne geschwungen, die Backsteine waren in unzählige Kleinteile zerbröselt. So klein wie Puderzucker. Und doch weiß ich nichts mit dieser Zeile anzufangen. Acht Jahre haben wir ihn nicht mehr gesehen.

„Ich fahre morgen früh zurück", sagt Marta und drückt ihre Zigarette im Aschenbecher aus. Es zischt kurz, dann geht sie aus.

Ich nicke, verschränke die Finger und lege beide Hände auf den Tisch. Marta erwartet vielleicht, dass ich etwas dazu sage, dass ich sie umstimme, aber wir wissen beide nicht, warum sie noch länger in München bleiben sollte. In einer Stadt, die sie vertrieben hat. „Ich bring dich zum Bahnhof", lautet meine Antwort.

Jetzt nickt Marta. Ein ewiges Nicken, unsere Ratlosigkeit gewinnt einen Ausdruck dadurch. Sie sieht zu dem Umschlag, dann zu mir.

„Ich fliege nächste Woche nach Kapstadt", sage ich zu ihr und warte auf ihr Nicken. Sie zieht die Augenbrauen zusammen, ansonsten reagiert sie nicht darauf.

„Was sagst du zu Paula?" Sie lehnt sich zurück, sie passt hier nicht rein. Diese WG ist mein neues Leben, mein Neuanfang. Anna und Tobi, mit denen ich hier wohne, sind meine neue Marta, meine neue Paula, mein neuer Rafa und mein neuer Ben. „Sie hat sich kein bisschen verändert."

Ich lege den Kopf schief. Sie hat sich komplett verändert, will ich sagen, aber ich tue es nicht. Innerhalb von einer halben Stunde glaubt Marta über Paula urteilen zu können. Acht Jahre werden etwas mit ihr gemacht haben, niemand verändert sich nicht. Niemand ist mit 21 derselbe Mensch wie mit fast 30.

„Ich gehe ins Bett", kündigt Marta an. Sie wartet fünf Sekunden, dann steht sie auf, verlässt die Küche. Ich höre, dass sie die Badezimmertür öffnet, eine Minute später höre ich die Toilettenspülung, den Wasserhahn. Dann geht die Tür wieder auf. Anna und Tobi machen mehrmals am Tag dieselben Geräusche, aber bei ihnen klingen sie anders. Erträglicher. Ich nehme Bens Umschlag in die Hand und streiche mit dem Finger über die Zeile. An manchen Stellen fühle ich eine Unebenheit, an anderen habe ich das Gefühl, ich streiche einfach nur über ein leeres Blatt. Für einen Moment halte ich diese Worte für eine Aufforderung, aber diese Intention wirkt so absurd, dass ich den Kopf schüttele und den Zettel wieder auf den Tisch lege, als wäre er mir zu schwer geworden.

2020

Es treibt sie auseinander. Nicht zum ersten Mal.

Montags steht Paula vor ihrer Klasse. Sie lesen *Tschick*, sie teilt Informationen über den Autoren Wolfgang Herrndorf aus. Die Kinder haben schlaue Gedanken zu dem Roman, obwohl sie erst am Anfang der Reihe sind. Mark Klingenberg ist ein Außenseiter, Andrej Tschichatschow ist ein Außenseiter, Isa eine Außenseiterin – die Geschichte über Außenseiter. Alle wollen sie in die Wallachei. Als Paula ihnen erklärt, dass es diese Region in Rumänien wirklich gibt, will die Klasse einen Ausflug dorthin machen. Die naive Welt der Neuntklässler.

In der Pause sitzt Paula an ihrem Platz im Lehrerzimmer. Hanna erzählt ihr etwas, sie hört nur mit halbem Ohr hin. Hanna spricht viel und lange; die Hälfte von dem, was sie sagt, ist nicht wichtig. Alles, was sie in ihren zwanzigminütigen Monolog packt, passt auch in zwei durchdachte

Sätze. Als Robert das Lehrerzimmer betritt, verstummt Hanna. Er beugt sich zu Paula hinunter, küsst sie auf den Mund. „Alles klar?", fragt er und lächelt sie an. Paula grinst zurück. Wenn er da ist, ist ihr warm. „Ich hole den Kleinen in einer Stunde ab; ich habe jetzt nur noch ein Elterngespräch."

„Danke." Sie streicht ihm über das T-Shirt und er greift nach ihren Fingern, um sie zu küssen.

Seit Noah auf der Welt ist, ist es, als sei ein Kaleidoskop explodiert. Überall sind Farben. Überall gibt es etwas zu entdecken, überall herrscht Magie. Er war nicht geplant, aber ein Wunschkind. Von beiden. Wenn Paula Robert mit ihrem Sohn sieht, spürt sie die Endlosigkeit, es ist ganz leicht, glücklich zu sein.

Anders ist das bei Marta. Sie ist zurück in Berlin, verkauft Dessous im Einkaufszentrum *Alexa*. Es ist einer von zig Jobs, die sie in ihrem Leben gemacht hat. Es ist kein Job, den sie für ewig machen will, aber gerade passt er gut in ihr Leben. Vor ein paar Jahren hat sie eine größere Summe für etwas bekommen, auf das sie nicht stolz ist, für etwas, für das sie sich verachtet. Aber wenn sie jetzt ihre Stunden abarbeitet, kommt sie gut über die Runden und kann locker ihre Miete bezahlen. Die Frauen kaufen bei ihr, weil sie sie mögen, die Männer, weil sie sich zu ihr hingezogen fühlen. Männer um den Finger zu wickeln, fällt ihr leicht. Schon immer.

Marta kennt den Unterschied zwischen Alleinsein und Einsamkeit und sie redet sich ein, dass sie nur alleine ist. Nicht einsam. Nicht mal allein, denn sie hat Freunde und häufig schläft sie in Gesellschaft ein. Obwohl sie jeden haben könnte, ist sie wählerisch. Die Männer, die ihr gefallen, hat man als Beobachter nicht auf dem Schirm, ganz im Gegenteil, sie fallen meistens gar nicht auf. Aber Marta hat einen eigenen Blick auf Menschen, immer schon. So wie David die Menschen im Besonderen und die Welt im Allgemeinen vor allem durch die Linse seiner Kamera betrachtet.

David ist in einem Safari Park zwei Stunden von Kapstadt entfernt. Sie haben den Park mit einem Jeep erkundet, er hat Giraffen gesehen, Nashörner, Elefanten. Die Elefanten waren sein Highlight, er hat zig Fotos gemacht. Mit seinen Reisen finanziert er sein Leben, sein Zimmer in der WG in Maxvorstadt. Was ein Hobby war, ist zu seinem Beruf geworden. Seine offene Art ist seine Visitenkarte, in seiner Gegenwart fühlt man sich lebendig. Man hat Lust zu lachen, Lust, das Leben nicht so ernst zu nehmen. Er ist mit zwei Freunden unterwegs, sie wohnen zusammen in einer der Hütten am Zaun des Parks. Morgen geht es zurück nach Kapstadt. Manchmal fühlt David sich, als ziehe sein Leben an ihm vorbei. Das Leben, das er führt, ist ein anderes als das, was er auf seinem Instagram-Kanal präsentiert und für das er Geld bekommt. Nicht von den Aktivitäten, nur vom Gefühl her. Es hätte alles nicht anders kommen sollen als es kam, aber er fühlt, dass etwas auf der Strecke bleibt. Würde ist das nicht, das wäre zu pathetisch. Eher ein Anker. Er ist ein Schiff ohne Anker und weiß, dass es schlimmer wäre, ein Schiff ohne Boden zu sein. Er weiß, wann er lacht, weil er etwas witzig findet und er weiß, wann es eine Fassade ist. Immerhin besser, als das nicht zu wissen, aber es droht die Gefahr, dass er es irgendwann nicht mehr erkennt. Man kann auch selbst auf der Strecke bleiben, wenn man nicht aufpasst. Das kann schnell gehen und wenn es passiert ist, weiß man nicht mehr, wann.

Was letzte Woche in München geschehen ist, beschäftigt sie alle. Vielleicht nicht in jeder Sekunde, aber sie denken aneinander. Sie denken an die Zeile in Bens krakeliger Handschrift. Etwas, was sie vorhatten, hinter sich zu lassen, holt sie ein. Sie fragen sich alle, wo Rafa war. Warum er nicht gekommen ist. Acht Jahre sind genug Zeit, um zu verzeihen. Egal, was es ist.

2020
Paula

Noah murmelt vor sich hin, während er das Bilderbuch durchblättert. Er hat einen Rest Banane am Mundwinkel kleben. „Muh", sagt er und zeigt auf die schwarz-weiße Kuh. Ich lächele ihn an. Durch ihn kann ich immer lächeln, egal, wie es mir geht.

Ich streiche ihm zärtlich über den Kopf, durch die kleinen Löckchen in seinem Nacken. Ein Mensch weiß erst dann, was Liebe ist, wenn er Mutter oder Vater geworden ist. „Muh macht die Kuh, mein Schatz", sage ich zu ihm.

Er sieht mich nicht an, blättert die Seite um und betrachtet die anderen Tiere. Konzentriert presst er einem Schaf seinen Finger ins Auge. Ich öffne den Laptop und stecke die Festplatte in das USB-Fach. Es dauert immer ein paar Sekunden, bis die Festplatte auf dem Desktop angezeigt wird, manchmal so lange, dass ich nicht mehr daran glaube, dass sie überhaupt erscheint.

„Wau wau", macht Noah und beugt sich ganz nah über das Buch. „Wau wau, Mama." Er lacht und seine riesigen braunen Augen strahlen mich an.

„Ein Hund?", frage ich ihn und schaue über den Laptop hinweg auf sein Buch. Ein Hund ist an dem Zaun hochgesprungen und hat seine Pfoten auf den Querbalken gelegt. Hechelnd schaut er in Noahs Richtung.

Noah nickt, dann wird sein Blick ernst und er kratzt mit dem Fingernagel über das Fell des Hundes. Ich öffne die Festplatte, ich weiß gar nicht, wonach ich genau suche und wo ich die Bilder, die ich im Kopf habe, abgespeichert habe. Vielleicht finde ich sie gar nicht. Robert hat sicher einige Bilder mit neuen Fotos überspielt.

Noah greift nach seinem Becher und trinkt ein paar Schlucke, dann rutscht er auf seinem Stuhl hin und her. „Mama, Schoß", sagt er.

Ich beuge mich zu ihm hinüber, hebe ihn aus seinem Kinderstuhl und nehme ihn auf den Schoß. Er lehnt seinen kleinen Kopf an meine Brust und krallt seine kleine Hand in mein Sweatshirt. Sofort wird er ruhig, seine Atmung geht tief und regelmäßig. Er steckt sich seinen Daumen in den Mund und lutscht daran.

Ich öffne einen Ordner auf der Festplatte, scrolle die Bilder durch und schließe ihn wieder. Nach ein paar Minuten gebe ich eine Jahreszahl in das Suchfeld ein. *2008*. Hier werde ich fündig. Zuerst sind es nur Bilder von Marta und David, die mir angezeigt werden, dann klicke ich auf das Bild, das der Notar uns gezeigt hat. Ich stehe ganz links auf dem Bild, neben mir Rafa, dann Ben, David und Marta. Marta und ich rahmen die Jungs ein. Martas Gesicht ist in den letzten Jahren schmaler geworden. Auf dem Foto sind wir vielleicht 18. Ich frage mich, wie sie aussah als sie 21 war. Drei Jahre später. Welche Form ihr Gesicht da hatte. Rafa, David, Marta und ich lächeln in die Kamera, Ben zeigt keinen Gesichtsausdruck. Gar keinen. Er sieht aus, als starre er gegen eine weiße Wand. Wie damals, als er zum ersten Mal neben mir saß und aus dem Fenster zu den alten Eichen blickte.

„Mama", sagt Noah plötzlich und reißt mich aus meinen Gedanken. Er zeigt auf mich und lacht.

„Ja, das bin ich, mein Engel, aber das Foto ist schon ganz lange her." Es fühlt sich an, als wäre dieses Foto in einem anderen Leben entstanden. Auf einem anderen Planeten. In einem komplett anderen Universum.

„Mehr." Noah bewegt sich auf meinem Schoß nach vorne und nach hinten.

„Du möchtest noch mehr Fotos sehen?", frage ich ihn und küsse ihn auf den Kopf.

„Ja", sagt er.

„Na gut." Ich lächele. Er erinnert mich so sehr an seinen Vater. Er ist Robert in Klein. Eine Miniaturausgabe von dem

Menschen, den ich so sehr liebe. Kinder zu lieben fühlt sich anders an. Wie Fliegen.

Ich klicke durch die Bilder. Noah schreit auf, wenn er mich entdeckt. Er patscht mit seinen kleinen Händen auf den Bildschirm und lacht jedes Mal ein bisschen lauter. Gerade lacht er am lautesten, da höre ich Roberts Schlüssel in der Tür. Er hat dasselbe Lächeln im Gesicht wie Noah, als er in die Küche kommt.

„Papa", ruft Noah aufgeregt.

Robert streckt seine Arme nach seinem Sohn aus und drückt ihn an sich. Ein Moment, in dem mein Herz nicht voller sein könnte. Er lächelt mich über Noahs Kopf hinweg an. Dann küsst er ihn auf die Wange.

„Mama ist im Fernsehen", sagt Noah mit ernstem Gesichtsausdruck.

„Im Fernsehen?", fragt Robert überrascht und lacht.

„Ich bin nicht im Fernsehen, ich bin im Laptop." Ich deute auf die Festplatte, die neben dem Laptop auf dem Tisch liegt.

„Ich hab' was für dich. Möchtest du es sehen?", fragt Robert Noah und Noah bricht in Jubelschreie aus. Sie verschwinden im Flur.

Mein Blick fällt auf das letzte Bild, das ich Noah gezeigt habe. Ben. David hat das Foto aufgenommen und es nachträglich schwarz-weiß gemacht. Ben zieht an seiner Zigarette, sieht zu Rafa, der mit seinen strahlend weißen Zähnen lacht. Ich habe das Bild immer geliebt, vielleicht, weil Ben so lebendig aussieht. In seinen Augen erkenne ich eine Regung, ein Gefühl. Das Gefühl erinnert mich an die Zeile, die er uns aufgeschrieben hat. Für einen Moment glaube ich zu wissen, warum er uns diese Nachricht hinterlassen hat, aber dieser Gedanke verfliegt so schnell, wie er gekommen ist. Als hätte ich nur eine flüchtige Eingebung gehabt, etwas, das nicht zum Bleiben bestimmt gewesen ist.

2020
Rafa

Musik geht durch Wände. Trotzdem schaue ich zur Tür, als käme sie von dort hinein. Dumpfe Bässe, die sich gegenseitig stützen wie zwei betrunkene Seemänner. Ich gehe hinüber zu dem kleinen Beistelltisch, auf den sie eine kleine Flasche Mineralwasser und ein Glas gestellt haben. Mit der rechten Hand drehe ich den Deckel ab, das Wasser zischt wie eine Schlange, die zum Angriff bereit ist und ich fülle es in das leere Glas. Die kleinen Bläschen springen in dem Glas herum, als suchten sie einen Ausweg aus dem gläsernen Gefängnis. Meine Finger sind trocken, als ich das Glas aufnehme. Ich warte einen Augenblick, bis sich das Blubbern beruhigt hat, dann nehme ich einen winzigen Schluck. So wenig, dass mein Mund nur benässt ist. Man kann eigentlich gar nicht von einem Schluck sprechen.

Ich sehe mich im Spiegel. Zurechtgemacht. Das Puder verhindert, dass meine Haut im Scheinwerferlicht glänzt. Der Fokus soll sowieso nicht auf meinem Gesicht liegen, sondern auf dem Anzug, den ich trage. Ein italienischer Designer, teurer Stoff. Ich weiß nicht einmal, ob mir der Anzug gefällt. Es spielt keine Rolle. Ich trage ihn für ein paar Minuten, er soll der Star des Abends sein, nicht ich.

Ich schaue auf meine Armbanduhr, sie ist teurer als ein Kleinwagen. Es sind mehr als vierundzwanzig Stunden vergangen, seit Ben beerdigt worden ist. Aus einem mir nicht erklärlichen Grund ist es mir wichtig, diese Schwelle von vierundzwanzig Stunden überschritten zu haben. Ich kann mit Gewissheit davon sprechen und trotzdem versichere ich mich immer mal wieder. Von meiner Uhr schaue ich auf mein Smartphone. Ich habe es häufiger im Flugmodus, als dass ich online bin. Wenn ich ständig erreichbar bin, wird mir übel. Die Uhr auf dem Smartphone stimmt mit meiner Armbanduhr überein. Was für eine Überraschung.

Ich nehme einen größeren Schluck und sehe im Spiegel, wie sich mein Adamsapfel hebt und senkt. Ich bin blass und leer. Die Blässe sieht man mir an, die Leere nicht. Glaube ich jedenfalls. Meine Augen sind trüb. Als hätte man Milchglas auf meine Iris gelegt. Augen spiegeln die Seele. Meine Seele ist tot. Seit über vierundzwanzig Stunden noch toter als ohnehin schon. Toter als tot. Ich verzeihe mir nicht, nicht nach München gefahren zu sein, aber ich bereue es auch nicht. Ich bin mir sicher, dass Paula, Marta und David dort waren. Sie sind sicher von einer Zeit in die andere gesprungen, ohne ein Problem damit zu haben. Bens Tod wird sie erschüttert haben, aber es war keine Überraschung für sie. Ben war immer anders, ein Alien. Marta nannte ihn so. Sie nannte sich selbst auch so. Wenn sie das sagte, klang das erstrebenswert. Alienhaft zu sein erschien mir insgeheim ein Erfolg. Acht Jahre habe ich sie nicht gesehen und diese acht Jahre fühlen sich wie eine Welle an, die plötzlich über mir zusammenbricht. Ich weiß nicht, was sie machen. Ich weiß nicht, wer sie heute sind. Wo sie leben, als was sie arbeiten, wie es ihnen geht. Wie es ihnen geht – das zu wissen, stelle ich mir furchteinflößend vor. Es gibt keine Frage, bei der man so gut lügen kann. Es gibt keine Frage, die so überfordernd sein kann.

Ich versuche, mich anzusehen, mir in die trüben, müden Augen zu sehen. Wie geht es mir. Wenn ich das schon nicht weiß, was weiß ich dann überhaupt noch. Es ist ein schmaler Grat zwischen Atmen und Leben, zwischen Dasein und Existieren. Vielleicht gibt es auch keinen Unterschied, vielleicht zahlreiche. Wahrscheinlich ist das Auslegungssache, wie alles im Leben.

Die Tür geht auf und reißt mich aus meinen Gedanken. Ein junges Mädchen steht mit einem Klemmbrett in den Händen im Türrahmen. Sie hat ein Headset auf und kann mit unterschiedlichen Menschen in dieser Halle kommunizieren, je nachdem welchen Knopf sie drückt. „Herr Gonzales", sagt sie und ich nicke, weil ich weiß, was sie mir sagen will. Noch drei Minuten.

„Ich komme", füge ich hinzu und stelle das Glas auf den Beistelltisch. Gerade will ich die Kabine verlassen, da drehe ich mich noch einmal um, nehme das Glas und trinke es leer. Ich vermeide einen weiteren Blick in den Spiegel. Wenn es mir wichtig ist, das Glas auszutrinken, dann will ich nicht wissen, wie ich aussehe.

Der Gang ist leer. Das Mädchen geht ein paar Schritte vor mir. Sie spricht in das Mikrofon vor ihrem Mund, dann zeigt sie auf eine Türe und lässt mich vorgehen. Giovanni, der Designer, steht neben dem Vorhang; als er mich sieht, breitet er die Arme aus. „Rafael", sagt er, sieht nicht mich an, sondern seinen Anzug. Er begrüßt auch nicht mich, sondern das Jackett, indem er zweimal über den Stoff streicht.

Ich weiß, wann ich lächeln muss, also strahle ich ihn an. Ich bin mir sicher, dass mir das Milchglas in dem Moment aus den Augen rutscht.

„Bello." Giovanni geht um mich herum, dann nickt er mir und dem Mädchen zu. Sie ist damit entlassen und ich stelle mich hinter den Vorhang. Gleich werde ich hinausge- wunken, gleich fällt das Scheinwerferlicht auf mich. Die Musik ist hier lauter, was klar ist, weil ich viel näher an den Lautsprechern bin als in der Kabine. Trotzdem klingen die Bässe dumpfer. Nicht nur dumpf, sondern künstlich, wie alles hier.

Verhaltenes Klatschen vor dem Vorhang, mir wird ein Zeichen gegeben. Dann geht der Vorhang auf. Meine Schritte sind mit Bedacht gesetzt, ich weiß, wie ich mich bewegen muss, wohin ich meine Blicke richten muss. Als ich über den Laufsteg laufe, habe ich das Gefühl, dass Paula unten im Publikum sitzt. Es ist ein Gedankenblitz, der schnell gedacht ist, aber der etwas hinterlässt. Beinahe wende ich den Blick von dem fixen Punkt ab, den ich fokussieren soll. Beinahe schaue ich nach rechts, hinunter, dahin, wo ich sie vermute. *Paula.* Ich zwinge mich, nach vorne zu schauen. Es gibt keinen Grund, warum sie hier sein sollte. Schon gar nicht wäre sie wegen mir hier. Sie weiß nicht, wo ich bin, was ich mache, sie interessiert es wahrscheinlich nicht einmal mehr.

Ich bleibe stehen und das Licht des Scheinwerfers ist so hell, dass ich Bens Gesicht darin erkenne.

2006

Rafa war schon als Teenager ein Magnet. Sein Lächeln war seine Anziehungskraft, die schneeweißen Zähne, die schwarzen Knopfaugen, seine vollmilchschokoladenfarbige Haut. Seine Eltern waren 1987 aus den USA nach Deutschland ausgewandert, sie lebten zuerst in einem Vorort von München, dann in einer Hochhaussiedlung in Sendling. Es war nie leicht, aber alle Leichtigkeit lag in dem Charakter der Familie. Ihr Geheimnis war, zusammenzuhalten, egal, welche Widrigkeiten sich ihren Weg zu ihnen bahnten.

Rafa interessierte sich nicht für die Mädchen, die ihn anhimmelten; er interessiere sich für Paula. Er fand, dass sie besonders war, dass sie anders war. Sie war lustig, achtete nicht darauf, wie sie sich bewegte, wenn sie Zeit zusammen verbrachten, was sie sagte, wie sie es sagte. Wahrscheinlich weil sie Freunde waren. Die Mädchen aus der Schule oder die, die am Rande des Fußballfeldes standen, veränderten sich, wenn Rafa in der Nähe war. Sie versteiften sich, darum bemüht, besonders begehrenswert zu sein. Anbiedern gefiel ihm nicht.

Jeden Tag gingen sie in dieselbe Klasse; Rafa hatte Glück, dass David und Marta so gut befreundet waren, denn sie waren seine Brücke zu Paula gewesen. Sie waren schon lange befreundet, lange bevor Ben neu in die Klasse kam. Mit dem ersten Tag am Gymnasium wurden sie eine Bande (so nannten sie es), Marta und Paula kannten sich schon aus der Grundschule. Nie hatte Rafa sich gegenüber Paula besonders interessiert gezeigt; das Interesse an ihr wurde von ihr nie direkt erwidert. Also beließ er es dabei und genoss, sie jeden Tag um sich zu haben.

An Davids fünfzehntem Geburtstag saßen sie an der Isar zusammen. Sie waren mit den Rädern zum Fluss gefahren, hatten eine Picknickdecke auf die Kiessteine gelegt und sich darauf ausgebreitet. David hatte zwei Sixpacks V+ besorgt, Marta hatte einen Kuchen gebacken, Paula und Rafa steuerten Chips und Schokolade bei. Ben war den ganzen Tag über nicht zu erreichen gewesen. Er war nicht zum Unterricht gekommen, aber das war gar nicht ungewöhnlich. Manchmal verschwand er für Tage, um aus dem Nichts wieder aufzutauchen und so zu tun, als wäre nichts geschehen. So auch am späten Nachmittag.

Sie hatten die Schuhe ausgezogen und die Füße in die Isar gehalten. Das Wasser war so kalt, dass es piekste. Gerade standen sie zu viert im Wasser, als Ben vom Weg zu ihnen hinunterkam. Er hatte seinen Rucksack dabei und eine Zigarette hinter dem Ohr.

„Happy Birthday", sagte er zu David und umarmte ihn. „Ich bin zu spät."

„Willst du Kuchen?" Marta deutete auf das Kuchenblech, das sie dabeihatte.

Ben schüttelte den Kopf. Sie sahen ihn nur selten essen. Er ernährte sich fast ausschließlich von Zigaretten und Äpfeln, als seien die Äpfel ein guter Ausgleich zum Nikotin. Er stellte seinen Rucksack ab, öffnete den Reißverschluss, der an der einen Seite sowieso schon eingerissen war und zog ein in Zeitungspapier eingewickeltes Päckchen hervor. „Für dich", sagte er und überreichte es David.

„Für mich?", fragte David, als hätte er vergessen, dass er heute Geburtstag hatte.

Ben nickte und ein Lächeln umspielte seine Mundwinkel. Ansonsten war sein Blick wachsam. Manchmal war er wie ein Reh.

David kniete sich auf die Picknickdecke; Marta, Rafa und Paula setzten sich ebenfalls, nur Ben blieb stehen. David legte das Päckchen auf seine Oberschenkel und fing an, das Zeitungspapier zu öffnen. Es war schnell klar, was sich darunter befand. Eine Kamera. Eine Leica.

David starrte Ben an, der nur mit den Schultern zuckte. „Alter", sagte er zu ihm. „Das ist viel zu viel!"

Ben saugte an der Innenseite seiner Wange, dann griff er sich umständlich in den Nacken und kratzte sich. Wieder zuckte er mit den Schultern, zog die Augenbrauen zusammen und wich den Blicken aus, die auf ihn gerichtet waren.

David stand auf, ging zu Ben hinüber und umarmte ihn. Ben war gerade wie ein Stock und nickte nur unwirsch. Irgendetwas flüsterte David Ben zu, aber Ben winkte nur ab.

Seit Ben die vier kennengelernt hatte, fühlte er sich zugehörig. Zum ersten Mal in seinem Leben und er hatte Angst, dieses Zugehörigkeitsgefühl wieder zu verlieren. Er glaubte, es sich kaufen zu können, indem er David dieses Geschenk machte. David war der Kopf der Gruppe, wenn er ihn auf seiner Seite hatte, so glaubte er, wäre er sicher. Was er noch nicht begriff, war, dass David, Marta, Paula und Rafa gleichwertig waren, David war lediglich der Lauteste von ihnen. Sie lachten, wenn er seine Witze machte, aber eigentlich war das Geheimnis ihrer Freundschaft, dass sie vier unterschiedliche Typen waren.

Am Abend brachte Rafa Paula nach Hause, weil das Haus ihrer Eltern auf dem Weg zu seinem Zuhause lag. Er schob sein Fahrrad, weil Paula zu Fuß gekommen war. Ihr Rad hatte einen Platten gehabt, als sie losfahren wollten.

„Glaubst du, er hat die Kamera geklaut?", fragte Paula mit einem seltsamen Ton in ihrer Stimme. Er wusste nicht, ob er Ehrfurcht heraushörte, Unbehagen oder Bewunderung.

Zuerst zog Rafa nur die Achseln hoch, aber als er Paulas Unzufriedenheit sah, schüttelte er den Kopf. „Ich glaube nicht, dass er sie geklaut hat."

Paula nickte, legte aber den Kopf schief. „Wo hat er das Geld her?" Diese Frage stellte sie in erster Linie sich selbst.

„Man fragt nicht, wo Geschenke herkommen", sagte Rafa mit einem Lächeln. Paula verzog den Mund, aber dann lächelte sie zurück. Marta hatte recht, sie war wie eine Porzellanpuppe.

2020
David

Tobi telefoniert in seinem Zimmer, hin und wieder ist sein Lachen zu hören. Seit Marta weg ist und ich zurück aus Südafrika bin, sitze ich am Küchentisch und starre entweder auf Bens Umschlag oder auf den Aschenbecher, den Marta benutzt hat. Sie hatte eine kurze Mitteilung geschickt, dass sie gut in Berlin angekommen ist. Seitdem habe ich mein Handy ausgeschaltet. Ich hatte es die gesamte Reise über nicht an. Meine Fotos habe ich über meinen Laptop hochgeladen.

Ich ziehe die Zeitung zu mir heran, die Tobi morgens immer liest und nehme den Kugelschreiber, mit dem Anna versucht, die Kreuzworträtsel zu lösen. Mittendrin hat sie aufgegeben und ist zur Uni gefahren. Ich lese mir die Lösungen durch, die sie gefunden hat. Die Hauptstadt

Ecuadors ist noch offen. Ich schreibe *Quito* in die leeren Kästchen. Anna hasst es, wenn jemand ihre Rätsel löst.

Ich drehe die Zeitung um fünfundvierzig Grad und setze die Mine des Kugelschreibers am unbedruckten Rand auf. Wie von alleine schreibe ich: *Ich wünschte, wir wären noch Freunde.* Zweimal fahre ich die Buchstaben nach, bis sie um zwei Millimeter breiter sind als vorher. Meine Handschrift ist runder als Bens, meine Buchstaben sind größer.

Ich erschrecke mich, als Anna in die Küche kommt. Ich habe gar nicht gemerkt, dass sie nach Hause gekommen ist. Sie lächelt mich an und setzt sich mit einer Flasche Nagellack neben mich an den Tisch. „Das ist mein Rätsel", sagt sie mit einem ironischen Blick auf die Zeitung.

Ich grinse sie an. „Du wusstest nicht, wie die Hauptstadt von Ecuador heißt?", ärgere ich sie.

„Ich musste los." Sie dreht die Nagellackflasche auf und legt ihre linke Hand flach auf den Tisch. „Alles okay?", fragt sie, ohne mich anzusehen. Sie hat gesehen, was ich auf die Zeitung geschrieben habe und sie kennt Bens Zettel. Er liegt seit Tagen hier. Seit über zwei Wochen.

„Es ist seltsam", gebe ich zu und begutachte die Konsistenz der Buchstaben. Manchmal ziehen Kugelschreiber klebrige Fäden. Das n von *wären* und das n von *noch* gehen fast ineinander über.

Jetzt sieht Anna mich an. Sie hat ihren Zeigefinger rot lackiert und legt den Kopf schief. „Was genau findest du seltsam?", will sie wissen.

Ich zucke mit den Schultern. Alles. Und auf der anderen Seite habe ich das Gefühl, von allem unberührt zu bleiben. „Vielleicht sollte ich ein Fotostudio eröffnen. Wie fändest du das?"

Der Ausdruck in Annas Augen wechselt von Verständnis zu Ungläubigkeit. „Warum?"

Ich grinse und schiebe die Zeitung von mir. „Vielleicht fange ich auch eine Ausbildung an. Oder ich suche mir einen Job in einem Skateshop."

Die Ungläubigkeit weicht Unverständnis. „Dir ist schon bewusst, dass du den Traum einer ganzen Generation lebst, oder? Du verdienst dein Geld, indem du die schönsten Orte der Welt besuchst."

„Nein." Ich lehne mich nach vorne, stütze meinen Oberkörper mit meinen Ellenbogen ab. Annas Sommersprossen sind heller geworden, man erkennt sie nur, wenn man genau hinschaut. „Ich liefere ab, jeden Tag. Ich bin von dem Geschmack fremder Menschen abhängig, der absolut willkürlich ist."

Anna schweigt einen Augenblick und in der Zeit lackiert sie ihren Mittelfinger. „Hat Ben was damit zu tun?", fragt sie und deutet mit dem Kinn auf den Umschlag.

„Ben." Es ist seltsam seinen Namen zu hören und noch seltsamer, ihn auszusprechen. Ich will beinahe darüber lachen, weil es so absurd ist, was Anna sagt. „Das hat damit nichts zu tun." Ich nehme den Umschlag auf, schließe ihn und fahre mehrmals mit dem Finger über den Klebestreifen, als könnte ich dafür sorgen, dass er den Brief für immer verschließt.

„Soll ich dir mal eine Geschichte erzählen, David?" Anna dreht ihr Nagellackfläschchen zu, obwohl sie erst zwei Finger lackiert hat. Die Geschichte scheint ihr wichtiger zu sein.

Ich hebe als Aufforderung die Augenbrauen.

„Meine Oma ist 1927 geboren, das heißt, sie war zur Zeit des Zweiten Weltkriegs zwischen zwölf und achtzehn Jahre alt. Sie haben auf einem Bauernhof in der Nähe von Rosenheim gelebt; direkt neben ihrem Haus stand das Haus einer befreundeten Familie. Die Tochter der Nachbarin war so alt wie meine Oma. Sie haben ihre gesamte Kindheit miteinander verbracht. Zum letzten Mal gesehen haben sie sich kurz vor Ende des Krieges. Thea, so hieß das Mädchen, ist im Krieg gestorben. Meine Oma hat nach dem Krieg meinen Opa geheiratet, meine Mutter und zwei Söhne bekommen und schließlich Caro und mich als ihre Enkelinnen. Mit 80 wurde sie dement, sie hat nicht einmal mehr uns erkannt. Rate mal, an wen sie sich noch erinnern konnte." Annas Lächeln ist traurig.

„Thea." Ich sehe Anna ins Gesicht.

„Familie ist wichtig. Die Liebe ist wichtig. Man kann sagen, dass das bei alten Leuten immer so ist. Dass sie sich besonders an das erinnern, was früher einmal war, aber ich glaube, dass Thea und sie eine besondere Freundschaft verbunden hat. Ich habe dich noch nicht einmal wegen Ben weinen sehen, David. Manchmal muss man weinen."

Ich lächele sie an, dann ziehe ich die Zeitung wieder zu mir heran. Oben steht die Zeile, die ich von Bens Brief abgeschrieben habe. Ich wünschte, ich könnte Ben antworten, dass es mir genauso geht wie ihm.

2003

Paula hatte Ordnungsdienst und weil es in der Klasse dreckig war, musste sie länger bleiben als die anderen, obwohl sie selbst keinen Dreck gemacht hatte. Es störte sie nicht. Sie hatte sich gleich nach dem Läuten der Schulglocke den Besen geschnappt und angefangen, ihre Mitschüler aus der Klasse zu fegen. Marta musste noch zum Lehrerzimmer; sie hatten sich auf dem Schulhof verabredet.

Als Paula die Klasse sauber gefegt hatte, stellte sie den Besen ins Eck neben den Papiermülleimer, schulterte ihren Rucksack und zog hinter sich die Türe des Klassenzimmers zu. Sie war gerade auf dem Weg zum Treppenhaus, als sie Ben erkannte, der an der Garderobe der Parallelklasse lehnte und zu ihr sah. Am liebsten hätte sich Paula auf dem Absatz umgedreht und wäre den anderen Weg nach draußen gegangen, auch wenn der länger dauerte. Ben machte ihr Angst. Er sprach nicht viel und wenn er redete, dann gepresst und leise. Einmal hatte sie geglaubt, dass er Gerrit verzaubert hatte, als er an der Tafel das Metrum eines Gedichtverses einzeichnen sollte. Gerrit hatte immer eine große Klappe, er ärgerte die Mädchen pausenlos, alle, bis auf Marta. Es war ganz klar, dass er auf sie stand, aber das war nichts Besonderes, weil jeder Junge auf sie stand. Auch die der höheren Jahrgänge.

Gerrit hatte in der Pause zuvor blöde Kommentare über Ben gemacht und als er jetzt die Kreide ansetzte, hielt er in seiner Bewegung inne. Gerrit war gut in der Schule, er war vor allem in Deutsch gut, also war klar, dass er wusste, dass es sich um einen Jambus handelte. Er ließ seinen Arm sinken, schaute zur Lehrerin, die fragend die Stirn kräuselte, und legte die Kreide zurück in das Fach an der Tafel.

„Was ist los?", fragte die Lehrerin.

In dem Moment hatte Paula zu Ben geschaut, der seine Kiefer aufeinanderpresste, so stark, dass seine Muskeln an seinen Wangen hervortraten. Er fixierte Gerrit mit seinem Blick und Gerrit mied die Richtung, in der Ben saß.

„Kann ich aufs Klo?", fragte er die Lehrerin.

Sie kräuselte die Stirn. „Ist es so dringend?"

Gerrit nickte.

Die Lehrerin seufzte und nahm Lisa dran, die den Jambus in Lichtgeschwindigkeit an die Tafel brachte.

Jetzt stand Ben an der Garderobe und schien auf Paula zu warten. Sie waren die letzten in diesem Teil des Gebäudes. Freitags nach der sechsten Stunde konnten es die Schüler nicht erwarten, das Schulgelände zu verlassen. Paula blieb stehen.

Ben stieß sich von der Wand ab und schlenderte in ihre Richtung. Langsam, ein bisschen überheblich. Sie starrte auf die Zigarette hinter seinem Ohr. Dass er rauchte, dass er es so offensichtlich auch in der Schule tat, schüchterte sie ein. Er schien sich vor nichts und niemandem zu fürchten.

Zwei Meter von ihr entfernt blieb er stehen, zog die Augenbrauen zusammen, als hätte er einen wichtigen Einfall und sah sie dann mit dieser Nachdenklichkeit an. Paula zuckte unter seinen Blicken zusammen. Seine Augen waren golden, das hatte sie vorher noch nicht bemerkt und sie wusste nicht, dass es Gold als Augenfarbe gab. Es war sicher das Licht des Flurs, das einen merkwürdigen Schein auf sie warf. Ben drehte den Kopf zur Seite und sah zu der cremefarbenen Wand, deren Tapete an einigen Stellen unter den täglich vorbeischrappenden Schultornistern litt. Er schüttelte den Kopf und kam näher, so nah, dass ihn nur noch wenige Zentimeter von ihr trennten. Sein Blick wurde weich, als er sie ansah. Paula hatte das Gefühl, er konnte durch sie hindurchsehen, ihre Gedanken sehen, ihre Gefühle fühlen. Dass sie Angst hatte, konnte sie nicht verbergen.

„Du hast Angst vor mir", sagte Ben leise, als hätte er das gerade bemerkt. Sie erwartete, dass er spöttisch lachte, stattdessen sah sie die senkrechte Sorgenfalte, die sich von dem Ende seiner Nase bis zur Stirn zog. Er roch nach kaltem Zigarettenqualm und ein bisschen nach Schweiß. Sie sah, dass er Sommersprossen hatte, dass er von so nah gar nicht so furchteinflößend aussah. Trotzdem merkte sie, dass ihre Finger zitterten.

„Hast du Angst?", fragte er. Jetzt klang seine Stimme wieder so gepresst. So unnatürlich, als benötigte er unheimlich viel Kraft, um überhaupt sprechen zu können. Er sprach nicht viel, da war sich Paula sicher. Und plötzlich fragte sie sich, wie wohl seine Eltern waren. Ob er Geschwister hatte. Ihr fiel auf, dass sie nichts über ihn wussten, keiner von ihnen. Nur, dass er häufig zu spät zum Unterricht kam und sobald es schellte, wieder ging.

Sie wusste nicht, was sie antworten sollte. Sie dachte, dass es sowieso nichts zur Sache tat, zu antworten, weil er es wusste. Er sah ihren angsterfüllten Blick, der versuchte, ihm auszuweichen.

Er sah von ihrem Gesicht zu ihren Schuhen, dann auf seine Hände. Seine Finger waren dreckig, seine Nägel waren fast schwarz. Die Haut sah rau aus. Solche Hände hatte man eigentlich, wenn man viel handwerklich arbeitete. Es schien ihn zu treffen, dass sie zusammenzuckte, wenn er sie ansah.

„Brauchst du nicht", sagte er kaum hörbar. Er hatte es so nah an ihrem Ohr gesagt, dass sie es trotzdem verstand. Sie hätte es auch verstanden, hätte er nur die Lippen bewegt, weil sie es in seinen Augen sah. Sie waren aufrichtig und verletzt.

„Okay." Paula beeilte sich, das zu sagen. In dem Moment wich Ben ein paar Schritte zurück. Er nahm die Zigarette hinter seinem Ohr hervor und steckte sie sich in den Mund. Dann lächelte er ganz kurz. So kurz, dass Paula nicht wusste, ob sie es sich eingebildet hatte.

Er verließ den Flur über das Treppenhaus, das auch Paula hatte nehmen wollen. Sie atmete tief ein, sie hatte in der letzten Minute die Luft angehalten. Ihr gingen tausende Fragen durch den Kopf. Hatte er auf sie gewartet? Hatte er auf sie gewartet, um ihr mitzuteilen, dass sie sich nicht vor ihm fürchten brauchte? Hatte er auf sie gewartet, weil er ihr eigentlich etwas anderes sagen wollte? Wollte er ihr etwas antun? Aber eine Frage beschäftigte Paula am meisten: Wer war dieser Typ?

2020
Marta

Ich bin in Frischhaltefolie gewickelt, liege da und starre an die Decke. Sie hat Risse. Manchmal, wenn ich so daliege und warte, stelle ich mir vor, dass ich vom Grund eines Aquariums nach oben blicke. Ich bin ein Fisch, ein toter Fisch, und treibe rückwärts, aber die Frischhaltefolie schützt mich. Wenn ich den Kopf nach hinten neige, tut es weniger weh; wenn ich an mir herunterblicke, wird mir schlecht. Es hat eine Zeit gegeben, in der ich nicht genug davon bekommen habe, aber dann kam Moritz. Es gibt Stellen, die ich vor allen anderen verberge, Stellen, die ich ihm gezeigt habe und dann habe ich ein Messer genommen, es ihm ins Herz gestochen und das zerrupfte, rote Etwas mit der Messerspitze herausgezogen. Es liegt noch in meiner Nachttischschublade und manchmal wache ich nachts auf, ziehe die Schublade auf und blicke auf das, was ich getan habe. Ich weiß, dass ich nicht mehr glücklich sein werde. Die Chance habe ich vertan und mittlerweile tut es zwei Prozent weniger weh als am Anfang.

Ich habe ein Bild von Moritz, aber ich bewahre es im Badezimmerschrank auf, ganz unten in einer Kiste, in der Toilettenreiniger und Entkalker stehen. Ich hasse es, das Bild anzusehen, weil mir meine Zukunft, wie sie hätte sein können, vor Augen geführt wird und weil ich dann merke, dass ich nichts bin. Dass ich niemand bin. Beziehungsweise bin ich doch etwas und jemand, etwas Verachtenswertes, jemand Schlechtes.

Tom ist fertig und schmeißt sich neben mich. Er wird gleich einschlafen und ich werde die ganze Nacht über wachliegen und darauf warten, dass er geht. Es gab eine Zeit, in der ich aus anderen Gründen wachgelegen habe. Aus Liebe. Weil ich es nicht ertragen konnte, nicht zu sehen, wie Moritz neben mir schläft.

Sobald ich Toms Schnarchen höre, stehe ich auf. Ich bemühe mich nicht einmal, leise zu sein. Ich öffne die Schlafzimmertür, gehe hinüber in die Küche und zünde mir eine Zigarette an. Dann drehe ich den Stuhl so, dass ich hinausgucken kann. Es dauert zwei Minuten bis eine Bahn an mir vorbeifährt. Gelber Lack, kleine Brandenburger Tore in den Fensterscheiben, manche von ihnen stehen auf dem Kopf. Die Gleise quietschen, Licht fällt in die Küche und malt Streifen auf mein Gesicht. Manchmal habe ich so eine große Angst vor Helligkeit, dass ich in Tränen ausbrechen will.

Gerade genieße ich die Dunkelheit, die über mir einbricht, sobald die Bahn vorbeigefahren ist. Die Wohnung ist scheiße, liegt direkt neben der Linie der U1. Es ist höllisch laut, im Treppenhaus stinkt es nach Pisse und Reinigungsmittel. Aber es ist komplett anders als in München und deswegen passt es. Ich kann mir ohnehin nichts Besseres leisten, deswegen gebe ich mich damit zufrieden.

Ich denke an Rafa. Frage mich, wo er wohl ist. Manchmal sehe ich Fotos in Magazinen von ihm. Ich erinnere mich an das erste Mal, als ich ihn in einer Werbung für Parfum gesehen habe. Er sah genauso aus wie früher und doch ganz anders. Man sieht Menschen an, wenn sie nicht mehr an einen denken, auch, wenn man sie nur auf einem Foto sieht. Am Anfang habe ich mich gefreut, seine Werbung zu sehen; er hat sich gefangen; aber heute ist es jedes Mal, als würde man ein Pflaster abreißen und sehen, dass die Wunde darunter noch nässt. Ich folge seinem Account auf Instagram – Selbstbestrafung ist, glaube ich, der Grund dafür. Er hat über zwei Millionen Follower, er sieht mich in seinen Abonnenten nicht. Er erwartet mich nicht und es interessiert ihn vermutlich nicht einmal. Ich bin eine von zwei Millionen. Er war immer schon schön und er stand auf Paula. Zwei Jahre lang waren die beiden ein Paar. Es war die berühmte erste große Liebe, von der sich alle Welt erzählt und von der Romane und Filme handeln. In Romanen und Filmen geht die erste große Liebe meistens gut aus, beziehungsweise erfährt man gar nicht mehr, was mit dem

Paar in ein paar Jahren passiert. Deswegen nur funktionieren solche Geschichten.

Das Feuer hat fast den Filter der Zigarette erreicht, ich drücke sie in dem Aschenbecher aus. Ich nehme die Schachtel und ziehe eine zweite Zigarette heraus. „Rauchen ist tödlich", sagt mir die Verpackung. Leben auch. Während ich die zweite Zigarette anzünde, lehne ich meinen Kopf auf meinen Arm. Mein Leben ist mir vor einigen Jahren aus den Händen geglitten. Ich traue mich gar nicht, es mit Davids und Paulas Leben zu vergleichen. Paula. Wann haben wir uns verloren? Wann haben wir die Brücken hinter uns abgebrannt? Und warum?

Ich entsperre mein Handy, öffne Instagram. In die Suchzeile gebe ich Rafas Namen ein. David folge ich auch. Ob Paula Instagram hat, weiß ich nicht. Ich habe sie mal gesucht, sie aber nicht gefunden. Soweit ich weiß, ist sie Lehrerin. Vermutlich geht man dann vorsichtiger mit Social Media um. Auf seinem zuletzt hochgeladenen Foto trägt Rafa einen Anzug. Er sieht teuer aus und ich kann mich nicht entscheiden, ob er mir gefällt. Ihm scheint er zu gefallen, er strahlt. Sein Lächeln ist besonders, er ist ein Künstler, malt den Leuten ebenfalls ein Lächeln ins Gesicht. Ich tippe auf den *Nachricht*-Button und weiß, dass er meine Nachricht nie lesen wird. Keine Ahnung, wie man ihn sonst erreichen kann. Seine alte Handynummer funktioniert längst nicht mehr; David hatte versucht, ihn vor der Beerdigung zu erreichen.

Mit der Zigarette zwischen den Lippen tippe ich eine Nachricht ein. Dann lösche ich alles wieder, starre auf die leere Seite und kehre zu seinem Feed zurück. Ich schaue mir die letzten Bilder an, die er gepostet hat. Berge. Meer. Er allein. Er in Gesellschaft.

Ich klicke den *Nachricht*-Button ein zweites Mal an, ziehe an meiner Zigarette und lege die Kippe in den Aschenbecher. Es dauert vielleicht zwei Sekunden, bis ich die Nachricht geschrieben habe, aber ich starre sie fünf Minuten lang an. Eine Nachricht, die er vielleicht erhalten, aber nie lesen wird, weil er täglich tausende Nachrichten, Kommentare und Likes erhält. Über diesen Weg ist es fast unmöglich, Kontakt mit ihm aufzunehmen, aber das Bedürfnis, ihm zu schreiben, war noch nie so groß. Ich will wissen, warum er nicht auf der Beerdigung war, obwohl ich den Grund kenne. Ich will wissen, warum er sich bei niemandem von uns meldet, obwohl ich es weiß. Ich will wissen, wer er ist, was die Zeit mit ihm gemacht hat. Ob sie ihn auch angenagt hat, ob sie ihm gut gesinnt ist, ob sie Narben hinterlassen hat.

Ich schicke die Nachricht ab, drücke die halb gerauchte Zigarette aus, ohne noch einmal daran zu ziehen. Ich gehe hinüber zum Fenster, stelle es auf Kipp. Ich stelle mir vor, wie Rafa sein Handy entsperrt, Instagram öffnet und meine Nachricht sieht. Ich stelle mir vor, wie er guckt, wenn er sie liest. Ob sie etwas auslöst oder ob sie ihn kaltlässt. Hat er in den letzten Tagen, in den letzten Wochen an uns gedacht oder geht ihn das gar nichts mehr an?

Mein Blick fällt auf die Uhr. Normalerweise geht Tom gegen sieben, in sechs Stunden. So lange kann ich nicht mehr wachbleiben und warten. Ich überprüfe, ob die Frischhaltefolie noch richtig sitzt. Der Gedanke, verhüllt zu sein, wenn er neben mir liegt, macht erträglich, dass er da ist. Ohne ihn bin ich alleine und Alleinsein lockt die Einsamkeit an.

Er liegt auf dem Rücken, als ich ins Schlafzimmer komme. Ich lege mich neben ihn, drehe mich von ihm weg und denke an die Worte, die ich Rafa geschrieben habe: *Ich wünschte, wir wären noch Freunde.*

2020

Paula

Ich bin diese Straße früher hundertmal in der Woche entlanggelaufen, heute kommt es mir vor, als wäre das ein anderes Leben gewesen. Ein anderes Leben auf einem anderen Planeten. Ich trage einen Helm mit Sauerstoff, der dicke Astronautenanzug ist schwer. Ich schwebe über den Asphalt, die Schwerelosigkeit hüllt mich ein. Die Bäume, die hier stehen, sind älter geworden, ihre Stämme sind dicker und in ihnen stehen Warnungen, die ich ignoriere. Ich habe Robert nicht erzählt, was ich vorhabe. Ich habe Noah bei meinen Eltern abgesetzt und werde ihn dort in einer Stunde wieder abholen.

Die Hochhäuser wurden neu gestrichen. Das Haus, in dem Rafa früher gewohnt hat, ist hellgelb, sonnenscheinfarbend. Ich finde das passend. Seine Familie hat sich wie eine zweite für mich angefühlt, ich habe hier den Großteil meiner Jugend verbracht.

Auf der Wiese vor dem Hauseingang steht ein Dreirad, daneben liegt ein Ball. Das Dreirad ist rostig, der Ball nicht richtig aufgepumpt oder er hat Luft verloren. Es ist kalt geworden, der November ist mit großen Schritten dem Dezember entgegengelaufen. Ich stehe eine Zeit lang vor dem Klingelschild und lese die Namen, die dort auf kleinen Papierschnipseln stehen, teilweise handschriftlich. Gonzales finde ich nicht. Nicht auf den ersten und nicht auf den zweiten Blick. Kurz überlege ich, ob ich mich im Haus geirrt habe. Ich schaue über die Schulter, bin mir aber sicher, dass ich richtig bin.

Ich lese die Namen noch einmal. Keiner kommt mir bekannt vor. Die Enttäuschung ist größer, als ich erwartet hatte. Es wäre vermutlich leichter gewesen, zuhause zu bleiben und die Option offenzuhaben, hierhin zu fahren und Rafas Eltern nach ihrem Sohn zu fragen. So stehe ich vor einer unsichtbaren Schranke, ohne Anhaltspunkt. Jetzt habe ich keine Ahnung, wo Rafa sein könnte.

Während ich so dastehe und mit meiner Enttäuschung kämpfe, geht die Tür auf und eine ältere Dame kommt heraus. Sie hat einen kleinen Pfiffi an der Leine, der mich frech anbellt. Die Dame lacht und entschuldigt sich. „Er mag keine Fremden", nimmt sie ihn in Schutz.

Ich winke ab. „Darf ich Sie etwas fragen?"

Sie setzt den Blick auf, den alte Leute gerne aufsetzen. Sie ist bereit, mir die Welt zu erklären. Sie weiß auf alle Fragen, die ich an sie habe, eine Antwort.

Ich schaue die Häuserfassade hinauf. Rafas Familie hat im dritten oder vierten Stock gewohnt. Meine Erinnerung ist wie Nebel am Morgen, je länger ich hier stehe, desto mehr lichtet er sich. „Kennen Sie eine Familie Gonzales?"

Die Frau zieht ihren Pfiffi zu sich heran, weil er sie von mir wegzieht. „Gonzales sagen Sie," sie schaut an mir vorbei zu der Straße, die ich entlanggekommen bin. „Der Name... nein, der kommt mir nicht bekannt vor. Wer soll das sein?"

Meine Enttäuschung steigt ins Unermessliche. Ich habe das Gefühl, es hätte Rafa und seine Familie nie gegeben. „Die Familie hat hier mal gewohnt. Vor ungefähr zehn Jahren", überschlage ich.

Die Dame nickt, schüttelt aber dann den Kopf. „Ich bin erst vor fünf Jahren hierher gezogen, wissen Sie? Mein Mann ist viel zu früh verstorben und da konnte ich mir die alte Wohnung nicht mehr leisten." Sie macht ein betroffenes Gesicht, das ich so gut es geht versuche zu erwidern. „Ich kann Ihnen die Nummer vom Vermieter geben", schlägt sie vor.

Ich überlege, ob ich das Angebot annehmen soll. Weil ich nichts sage, reagiert sie selbst. „Kommen Sie." Sie holt einen Schlüssel aus ihrer Jackentasche und schließt die Haustüre auf. Ihr Hund wirkt ziemlich verunsichert, bellt dreimal, folgt uns dann aber. Sofort strömt mir der vertraute Treppenhausgeruch entgegen. Lavendel. Immer, wenn ich Lavendel rieche, denke ich an den Eingang dieses Hauses.

Die Dame wohnt im Erdgeschoss und hält mir die Leine ihres Hundes hin, um die Wohnungstüre aufzuschließen. Sie drückt die Türe auf und Pfiffi bleibt bei mir auf der Fußmatte stehen. „Kommen Sie rein, ich muss die Nummer kurz suchen", sagt sie.

Ich wage einen Schritt in den Flur der Wohnung. Sie ist anders geschnitten als Rafas Wohnung damals. Der Hund bellt mich an. Ich werfe ihm einen entschuldigenden Blick zu und höre, wie die Frau ein paar Schränke öffnet und dann zufrieden seufzt. Sie geht durch den Flur in die Küche und kommt mit einem Zettel und einem Kugelschreiber wieder. Den Zettel drückt sie gegen den Türrahmen und schreibt eine Telefonnummer von einer Visitenkarte ab. Dann schreibt sie den Namen Huber über die Nummer und hält mir den Zettel hin.

„Ein ganz netter Mann. Der vermietet die Wohnungen hier seit Jahren; der wird die Familie kennen", ist sie sich sicher.

„Danke", sage ich, als ich die Hundeleine gegen den Zettel tausche. Ich halte ihr die Türe auf und wir verlassen gemeinsam das Treppenhaus. Draußen winkt sie mir zu.

Als sie auf der Straße verschwindet, begutachte ich die Ziffern auf dem Papier. Ich stecke den Zettel ein und gehe die Straße zurück zur Bahn. So viele Erinnerungen liegen auf dem Asphalt dieser Siedlung. Der erste Kuss mit Rafa ist eine der schönsten davon.

Mein Handy klingelt, als ich die Hauptstraße erreiche. Es ist meine Mutter, die fragt, wann ich Noah abholen komme und ob ich dann einen Kaffee möchte. Ich sage ihr, dass ich auf dem Weg bin.

2007

Ben ist schon eine Zeit lang weg. Marta steht draußen vor dem Club und raucht. Bei ihr steht ein großer, tätowierter Typ, der seit ein paar Minuten versucht, sie zum Lachen zu bringen. David, Rafa und Paula sind unten auf der Tanzfläche; es ist nicht unüblich, dass sie sich im Laufe des Abends abkapselt, um sich mit jemandem zu unterhalten. Dass Ben wie vom Erdboden verschluckt ist, ebenfalls nicht.

Bevor Marta wieder zu den anderen geht, sucht sie ihn im Club. Er ist nicht an der Bar; von weitem sieht sie David, Rafa und Paula, Ben ist auch nicht wieder bei ihnen. Sie drückt sich durch bis zu den Toiletten. Es ist stickig, die Leute schwitzen und sie mag es nicht, wenn sie sich durch klebrige Körper drängen muss. Sie stößt die Tür zur Herrentoilette auf und ruft Bens Namen. Sie drückt alle Kabinen auf, die einen Spalt breit geöffnet sind. Als sie seinen Namen ein zweites Mal ruft, hört sie ein Wimmern. „Ben?", ruft sie lauter.

„Das Klo ist schon Ewigkeiten zu", sagt ein Typ mit langen Haaren und zuckt mit den Achseln.

Marta bückt sich und versucht, unter der Kabinentür hindurchzugucken. Sie sieht, dass auf der anderen Seite jemand auf dem Boden liegt. Sie erkennt Bens Vans.

„Ben." Jetzt schreit sie und trommelt mit den Fäusten gegen die Tür.

„Jungs, helft uns mal eben." Der Langhaarige haut zwei Typen an, die sich gerade die Hände waschen.

Zu dritt stemmen sie sich gegen die Kabinentür, dann schwingt sie nach außen hin auf. Ben liegt am Boden, den Kopf auf der Toilettenschüssel. Marta stürzt auf ihn zu, neben seinem rechten Arm liegt eine Spritze.

„Was machst du?", schreit sie ihn an und schlägt ihm ins Gesicht.

„Ich rufe einen Krankenwagen", hört sie jemanden hinter sich sagen.

„Ben, mach die Augen auf! Guck mich an." Sie schlägt ihn zweimal, dreimal, hebt seinen Kopf von der Toilette und setzt sich neben ihn auf den Boden. Seine Augen sind blutunterlaufen, seine Lippen trocken und aufgeplatzt. In der rechten Armbeuge ein Einstich, blaue Flecken. „Mach deine Scheiß-Augen auf", schreit Marta so laut sie kann.

Jemand kniet sich neben sie, aber sie nimmt es nicht wahr. Jemand sagt etwas, jemand zieht Ben aus der Toilettenkabine. Sie hält seinen Kopf fest, ist sich sicher, dass es vorbei ist mit ihm. Sie merkt, wie ihr Tränen über das Gesicht laufen. Wie alles verschwimmt.

Dann zwei große Männer mit roten Jacken, Ben wird eine Maske auf Mund und Nase gedrückt, jemand zieht sie weg. Sein Körper zuckt, sein Arm fällt von Martas Schoß auf die kalten Fliesen. Zwei weitere mit einer Trage. Marta steht auf, stützt sich an die Wand, sie will nicht im Weg stehen. Sie hört sich selbst, wie sie schluchzt, wie sie um ihre Fassung ringt. Ihr ist schwindelig und schlecht.

Einer der Männer fasst sie an der Schulter. Sie hört erst beim zweiten Mal, was er sagt. „Kennen Sie ihn?"

Marta nickt. Sie muss sich jetzt zusammenreißen, muss Fragen beantworten, um Ben zu helfen.

„Wie heißt er?"

„Ben Schüttler."

Der Mann schiebt sie vor sich her zum Ausgang. „Wie alt?"

„Er ist vor zwei Tagen siebzehn geworden."

Aus dem Nichts holt er die Spritze hervor, die eben noch neben Ben gelegen hatte. „Heroin?", fragt er, obwohl er die Antwort kennt.

Marta zuckt mit den Achseln. Sie kann es sich nicht vorstellen und trotzdem passt es zu Ben. Er hat tausend Geheimnisse, er hat doppelt so viele Probleme.

„Fahren Sie mit?", will der Mann von ihr wissen. Sie weiß nicht, ob es derselbe Mann ist, mit dem sie ganze Zeit gesprochen hat. Sein Gesicht kommt ihr nicht bekannt vor.

„Ja", sagt sie und er deutet auf den Krankenwagen, der vor dem Club steht. Sie tragen Ben an ihr vorbei, der Mann hilft ihr einzusteigen. Drei stehen um Ben herum, legen Infusionen, messen seine Werte.

Marta soll sich in die Ecke stellen, sie friert, trägt nur ein dünnes Kleid und eine noch dünnere Strumpfhose.

„Wie heißen Sie?", wird sie gefragt. Jetzt ist sie sich sicher, dass es ein anderer Mann ist. Er hat einen Ziegenbart.

„Marta Neuhauser", sagt sie zitternd.

„Wie alt sind Sie?"

„16."

Der Mann legt den Kopf schief, zieht die Augenbrauen hoch. Er hat sie für älter gehalten. Dass sie um diese Zeit noch in einem Club ist, ist gegen das Gesetz, aber weil er sieht, wie es ihr geht, sagt er nichts dazu. Er legt ihr eine Wärmedecke über die Schultern.

„Bitte rufen Sie seinen Vater nicht an", hört Marta sich sagen.

Der Mann runzelt die Stirn. Er sieht ihren ängstlichen Blick. „Warum nicht?"

Marta zuckt mit den Schultern und lehnt sich gegen die Wand des Krankenwagens. Sie hört das Blaulicht, sie merkt, dass der Wagen schnell auf den Straßen unterwegs ist. Immer mal wieder kann sie Ben zwischen den Männern erkennen. Er hat die Augen geschlossen, sein blondes Haar ist strähnig von seinem Schweiß, er ist so weiß, dass er aussieht, als hätte er diese Welt schon vor ein paar Minuten verlassen. Sie wissen nichts über ihn.

2020
Rafa

Die Stimmen in der Flughafenhalle sind wie ein Wasserfall, ich stehe ganz unten, da, wo das Wasser sich sammelt. Mit dem Rücken zur Felswand, abgeschirmt mit Kopfhörern, Drake im Ohr. Trotzdem höre ich sie. Ich sehe sie sprechen und der Mischmasch aus Worten und Gelächter drängt durch den Kunststoff. Mit Lautstärke ist es wie mit einer Neurose, mal ist sie zu ertragen, mal überhaupt nicht. Gerade ist selbst Drake zu laut.

Ich lehne mich in dem silbernen Stuhl mit dem schwarzen Polsterbezug zurück und schaue auf die Beine, die an mir vorbeieilen. Viele sind von einem Koffer begleitet. Viele laufen erst nach links, drehen dann irgendwo an einem unsichtbaren Kreisverkehr um und laufen zurück nach rechts. Planlos. Orientierungslos, dabei ist alles ausgeschildert.

Ich erhalte eine Nachricht, als mein Gate angezeigt wird, stehe auf und gehe zum Sicherheitscheck. Vor den Bändern und Scannern hat sich eine Schlange gebildet. Vor mir stehen zwei Männer im Anzug, die sich auf Englisch unterhalten, hinter mir zwei Jugendliche, die nicht miteinander sprechen. Ich hasse es zu warten. Ich hasse es zu warten, wenn es so laut ist.

Mit dem Handy in der Hand setze ich immer einen Schritt nach vorne, wenn es die Reihe vor mir zeitversetzt genauso macht. Es sind Absperrpfosten aufgestellt worden, neben mir stehen Leute, die in der Schlange weiter vorne sind. Die meisten Gesichter zeigen keine Regung, kein Gefühl.

Als ich das Lied wechsele und wieder aufblicke, sehe ich Martas lockigen Hinterkopf. Sie steht drei, vier Personen vor mir, aber gerade, als ich das denke, dreht sie sich um. Sie hat ein anderes Gesicht und ich überlege, ob ich erleichtert oder enttäuscht bin. Marta. Ich habe sie immer bewundert. Sie war tough, tougher als alle anderen Mädchen, die ich kannte. Sie hatte es nicht leicht, hat sich aber nichts von ihrer Schwere anmerken lassen. Nie. Aber sie hatte ja auch David, der, wenn etwas war, alles abgekriegt hat. Er hat nie mit mir darüber geredet. Er war ihre engste Bezugsperson. Er und Paula. In der Reihenfolge. Paulas Welt war zu hell und bunt, Marta hätte sie in ein Loch gezogen, aus dem sie nie wieder herausgekommen wäre.

Ben hatte immer gesagt, Marta und er seien verlorene Seelen. Sie hätten nach Los Angeles gehen sollen, er nannte den Ort immer *Lost Angels*, aber wir wussten, was er meinte. „Marta ist ein Engel, der vom Himmel gefallen ist." Ben hat sie genauso fasziniert wie mich.

Unsere Verschiedenheit hat mich damals schon verwundert; was mich beeindruckt hat, war, dass wir trotzdem Freunde geworden waren. Jeder mit seinem eigenen Päckchen. Paula fiel irgendwie aus dem Rahmen, ihr ging es gut.

Es geht weiter, ich bin zehn Minuten später dran, lege meine Tasche in die Plastikvorrichtung. Der Mann in seiner Uniform sieht mich an. „Flüssigkeiten im Gepäck?"

„Nein." Ich ziehe meinen Gürtel aus und lege ihn zu meiner Tasche. Die Jacke kommt in eine separate Box.

Der größere der beiden Typen in Anzug ist vor mir dran. Er wird durch den Scanner gewunken, hebt die Arme, wie es das Männchen auf der Abbildung vormacht, dann soll er weitergehen. Ich gehe als nächstes durch den Scanner, es piepst. Ich zeige dem Mann hinter dem Scanner meine Bescheinigung.

„Motorradunfall?", fragt er.

„So ähnlich." Ich schenke ihm ein Lächeln, damit es schneller geht.

„In Ordnung." Er lässt mich passieren.

Ich nehme meine Tasche, lege meine Jacke darüber und gehe in die Richtung meines Gates. Im Duty Free Shop sprühe ich mir ein Parfum an den Hals, kaufe mir zwei Wasserflaschen. Dann setze ich mich vor mein Gate, nehme eine Schmerztablette und entsperre mein Handy. Wenn ich

Instagram öffne, explodiert mein Handy vor Nachrichten. Ich klicke sie nie an. Meine Follower sind Fremde, wenn jemand, der mich persönlich kennt, etwas von mir will, dann schreibt er mir über Whatsapp.

Gerade will ich mein Handy wieder sperren, da sehe ich, dass marta911003 mein letztes Foto gelikt hat. marta911003. Am dritten Oktober 1991 ist Marta geboren. Ein ungewöhnliches Gefühl durchströmt meinen Körper, eines, das ich lange schon nicht mehr empfunden habe. Ich gehe auf ihren Account, ihre Locken erkenne ich sofort. Auf ihrem letzten Bild lacht sie in die Kamera, sie ist geschminkt, trägt aufreizende Kleidung. Sie sieht älter aus, ihr Gesicht ist schmaler; sie sieht aus wie jemand, den ich nicht kenne. Ich scrolle weiter. Die meisten Fotos sind bei Fotoshootings entstanden, immer ist ein Fotograf verlinkt. Es ist meistens derselbe. Von ihrem Privatleben erfährt man nichts auf ihrem Profil. Ich gehe auf ihre Abonnenten, David wird mir als einer der ersten angezeigt. Ich klicke sein Profil an. Dann beginnt das Boarding. Ich bleibe so lange sitzen, bis ich einer der letzten bin; ich zeige meinen Ausweis und meine Boardingkarte, gehe durch den Tunnel ins Flugzeug. Ich habe einen Platz mit Beinfreiheit, bin ungeduldig, weil sich alle so wahnsinnig viel Zeit lassen.

Als ich sitze, schaue ich mir Davids Fotos genauer an. Er ist häufig in der Welt unterwegs. 750.000 Follower. Ich gehe auf seine Abonnenten und gebe Paulas Namen in die Suchleiste ein. Das Feld bleibt leer. Ich versuche unterschiedliche

Varianten ihres Namens, gebe ihr Geburtsdatum ein. Dasselbe versuche ich unter Martas Abonnenten. Es gibt sie nicht.

Bevor ich den Flugmodus einschalten muss, komme ich ausversehen auf den *Nachricht*-Button und sehe, dass Marta mir vor ein paar Tagen geschrieben hat. Mein Herz setzt aus, als ich sehe, was es ist.

2020

David

Es gibt keinen Ort, an dem es leiser ist als hier. Der Wind bewegt die Äste, es hört sich an, als würde er mir etwas zuflüstern. Etwas Geheimnisvolles, etwas, was nur ich wissen soll. Der Boden unter meinen Schuhen knirscht. Beim letzten Mal hatte ich Lackschuhe an, jetzt trage ich Vans. Die Ruhe hier fühlt sich friedlich an.

Ich gehe langsam, als wäre es verboten, schneller zu sein. Aber ich habe auch keine Eile. Gestern Nacht hat es zum ersten Mal geschneit, winzige Flocken, die heute Morgen schon wieder geschmolzen sind. Ich erinnere mich an die Winter hier, in denen wir zu fünft waren, in denen wir nach der Schule mit den Schlitten zum Olympia Park gefahren und, bis es dunkel wurde, gerodelt sind. Das haben wir auch noch mit siebzehn gemacht, mit achtzehn, als wir schon wussten, dass vieles nicht leicht werden würde.

Marta ist um diese Zeit von zuhause abgehauen. Sie hat monatelang bei mir auf der Couch geschlafen. Mit zwanzig hat sie Reißaus genommen und sich in einen Zug nach Berlin gesetzt. Zweimal war sie wieder hier, einmal für eine längere Zeit, zuletzt zu Bens Beerdigung. Ich erinnere mich an die Nächte, in denen ich gehört habe, wie sie stumm geweint hat. Ich bin der einzige, mit dem sie je über ihre Zeit im Pflegeheim gesprochen hat, an die sie sich kaum noch erinnern konnte. Sie haben sie gut behandelt, aber das Gefühl, nirgendwohin zu gehören, verletzt auch schon eine Kinderseele. Die vielleicht sogar am meisten. Adele und Stefan waren liebevolle Pflegeeltern, als sie sie mit drei Jahren adoptiert haben. Bisher hatte es bei ihnen nicht funktioniert, selbst Kinder zu kriegen, daher die Adoption. Zwei Jahre lebte Marta bei ihnen, bis Adele schwanger wurde. Charlotte sah aus wie ihre Mutter, sie war ein Engel. Als sie da war, gehörte Marta nicht mehr dazu. Charlotte lebt heute am Starnberger See, hat einen reichen Mann und ein gutes Leben.

Ich erreiche die alte Eiche, an der ich rechts abbiegen muss. Wenn ich schon einmal hier bin, möchte ich auch Ben besuchen. Ich habe Angst davor, ihm gegenüberzustehen und von ihm angeschwiegen zu werden. Sein Grab ist gepflegt; man sieht, dass die Erde frisch ist, dass hier erst kürzlich jemand begraben wurde. Ich bleibe direkt vor dem Beet stehen und betrachte den dunkelgrauen Stein, auf dem sein Name und ein paar Zahlen stehen. Mit den Händen in den Hosentaschen lasse ich meinen Blick über die Grab-lichter schweifen. Er ist gerade einmal dreißig Jahre alt geworden. Älter werden wollte er nie. Zwei Monate vor dem Abitur hatten wir abends an der Isar gesessen und er hatte mit seiner typischen Art, Dinge auszudrücken, gesagt: „30 werde ich, älter nicht." Als hätte er es gewusst. Als hätte er es geplant. Zutrauen würde ich es ihm. Es gab eine Zeit, in der ich glaubte, ihn zu kennen.

Ich gehe vor dem Grabstein in die Knie und seufze. „Reden war nie deins, oder?", frage ich ihn und komme mir komisch vor, weil ich mit einem Grab spreche. Ich versichere mich, dass ich alleine bin, dass niemand hört, was ich sage. Dass ich etwas sage.

Er bleibt mir die Antwort schuldig und ich bleibe noch ein paar Minuten vor seinem Grab stehen. Dann blicke ich hinauf in den eisblauen Himmel, heute ist ein sonniger Tag.

„Mach's gut", sage ich, dann drehe ich mich um und gehe den Weg zum Trauerhaus entlang. Dort anzukommen, war mein eigentliches Vorhaben heute. Schon von weitem sehe ich, dass der Wagen des Notars vor dem Haus steht.

Ich reibe meine Finger aneinander und klopfe an die Tür zum Trauerhaus. Es dauert ein paar Minuten, dann höre ich Schritte. Der Notar öffnet mir die Tür. Er sieht überrascht aus, mich zu sehen.

„Herr Steiner." Er erinnert sich an meinen Namen und ich halte ihm die Hand hin. „Wollen Sie zu mir?"

„Ich habe gehofft, dass Sie da sind."

Sein Händedruck ist fest. Er öffnet die Tür ein Stück weiter und lässt mich eintreten. „Was kann ich für Sie tun?"

Ich folge ihm in sein Büro, wir bleiben beide in dem dunklen Raum stehen. Der Raum ist nicht dunkel, weil es keine Fenster gibt, sondern weil alles hier schwarz ist. Vermutlich, damit es zum Friedhof passt.

„Setzen Sie sich." Er zeigt auf den Stuhl ihm gegenüber und ich setze mich. Er setzt sich auf die andere Seite des Schreibtisches. Vor ihm auf dem Tisch steht ein Bilderrahmen, der so herum gedreht ist, dass ich das Foto nicht sehen kann und ich vermute, dass er in dem Rahmen ein Bild von seiner Frau und seinen Kindern aufbewahrt.

„Woher haben Sie unsere Namen?", frage ich den Notar.

Er hebt die Augenbrauen, dann rollt er mit seinem Schreibtischstuhl näher zum Tisch. „Herr Schüttler hat mir Ihre Namen gegeben. Ich habe mir gedacht, dass Sie zu seiner Beerdigung kommen würden. Wenn ich das richtig sehe, waren Sie einmal gut befreundet." Er denkt sicher an die Worte, die Ben uns hinterlassen hat.

„Was hätten Sie gemacht, wenn wir nicht gekommen wären?", frage ich weiter.

Er kräuselt die Stirn, sieht mich einen Moment nachdenklich an. „Von Frau Neuhauser, Frau Körner und Ihnen habe ich die Adressen."

„Von Herrn Gonzales nicht?", frage ich ihn.

Der Notar presst die Lippen aufeinander, dann schüttelt er den Kopf.

„Hat Ben Ihnen unsere Adressen gegeben?" Ich lehne mich nach vorne und lege die Arme auf dem Schreibtisch ab. „Können Sie herausfinden, wo Rafael Gonzales wohnt?" Ich überfahre meine alte Frage mit meiner neuen.

„Sie fragen sich sicher, warum er nicht zur Beerdigung gekommen ist, richtig?" Der Notar setzt einen verständnisvollen Blick auf.

Ich nicke.

„Manche Leute wollen nicht gefunden werden", sagt er.

Ich betrachte sein Gesicht, die Lachfältchen um seine Augen. Ich habe ihn noch nicht oft genug lachen sehen, um zu verstehen, woher sie kommen. Er redet von Rafa, als würde er ihn besser kennen als ich.

„Hat Ben nicht gesagt, was er mit seinem Zettel bewirken wollte? Hat er Ihnen nicht gesagt, welche Intention er hatte?", frage ich, anstatt weiter über Rafa zu sprechen.

Der Notar sieht von mir auf seine Schreibtischunterlage, als hätte er sich dort einen Hinweis vermerkt, dann sieht er mich an. „Er hat gesagt, Sie wüssten etwas damit anzufangen."

Ich schüttele den Kopf. „Wissen wir nicht." Ich sehe ihm an, dass es ihm leid tut, dass er verstehen kann, dass ich verletzt bin, weil wir nicht vollständig waren. Wir hätten uns gemeinsam von Ben verabschieden müssen. Das war die einzige Pflicht, die wir hatten.

Als ich das Trauerhaus verlasse, bin ich wütend auf Rafa. Es ist feige von ihm, nicht hergekommen zu sein. Nichts wäre wichtiger gewesen, als an diesem Tag hier zu sein.

Mit schnellen Schritten diesmal verlasse ich den Friedhof. Als ich das Tor passiere, klingelt mein Handy. Es ist Marta.

2009

David und Ben saßen an der U-Bahnstation Marienplatz; es war fast vier Uhr morgens, wenn sie Glück hatten, kam gleich eine Bahn. David hatte sein Kinn in seinen Jackenkragen gegraben, hier unten war es wärmer als oben in der Nacht, aber ungemütlich war es allemal. Ben trug nur ein Sweatshirt und eine Weste; obwohl er es in diesem Bereich nicht durfte, rauchte er. Seit sie die Party verlassen hatten, hatte er kein Wort gesagt. Rafa und Paula waren gemeinsam zu Rafa nach Hause gefahren, Marta war mit einem Typen mitgegangen, den sie erst kennengelernt hatte. Bens Blick war starr nach vorne gerichtet, er wippte mit seinem rechten Bein.

David beobachtete die beiden Männer, die die Treppe zum Gleis hinunterkamen. Der eine Mann telefonierte, der andere lehnte sich an die versiffte Säule. Nachts war auch eine Stadt wie München dreckig. Die Anzeigetafel zeigte an, dass die Bahn in fünf Minuten käme. Das konnten dann auch schon einmal sieben oder zehn Minuten sein.

„Ich kann es kaum erwarten, hier weg zu sein", sagte Ben plötzlich mit seiner gepressten Stimme. Er sah David nicht an, sein Blick hatte sich nicht verändert, aber er nahm die Zigarette zwischen die Lippen und zog daran. David wusste nicht, was er dazu sagen sollte, also sagte er nichts. Er schaute zu den Gleisen, auf denen gleich die Bahn einfahren würde. Dann hörte er die beiden Männer lachen. Ben lachte nur selten und wenn er es tat, dann richtig. Als hätte er einen speziellen Moment dafür ausgewählt, den er dann richtig genießen konnte. Er lachte nie halb, er lachte nie nur ein bisschen.

„Ich warte noch zwei Monate, dann reicht es für einen Flug nach Amerika. One Way." Ben sah David jetzt an, aber er erwartete keine Reaktion.

„Was willst du in Amerika machen?", fragte David und setzte sich so, dass er Ben besser sehen konnte. Der zuckte nur mit den Achseln.

David versuchte sich Ben in Amerika vorzustellen. In LA, Vegas, Florida. „Wo willst du denn überhaupt hin in Amerika?"

Ben nahm einen tiefen Zug von seiner Zigarette. Er hatte fast den Filter erreicht, aber das interessierte ihn nicht. Er rauchte meistens die Hälfte des Filters mit. „Mal gucken."

David sagte ihm nicht, dass es ihm vorkam, als hätte er seinen Plan nicht richtig durchdacht. Er war selbst auch eher der spontane Typ, aber Ben sollte doch zumindest wissen, in welchem Staat er landen wollte. Amerika war schließlich groß und gerade, wenn er wenig Geld hatte, musste er Bescheid wissen.

„Warum willst du eigentlich unbedingt weg?", fragte er Ben.

Ben lächelte ihn an, was selten vorkam und David dadurch erschreckte. Er sah anders aus, wenn er lächelte. Wie ein kleiner, sommersprossiger Junge, dem das Leben gefällt. „Hier stehe ich in Gelee, weißt du? Ich kann mich nicht bewegen."

Solche Vergleiche waren typisch für Ben. David wusste, dass er sich für Sprachen interessierte, dass ihm Literatur gefiel. Der Deutschunterricht war die einzige Zeit in der Schule, in denen er nicht apathisch aus dem Fenster sah. Deutsch rettete ihm am Ende des Abitur. Er hatte mal gesehen, dass Ben auf die letzte Seite seines Heftes eine Art Gedicht geschrieben hatte.

Wo

In der Welt

Ist das Atmen zuhause?

Wo ist

es fremd.

David hatte es nicht so richtig verstanden und als er Bens Blicke gesehen hatte, hatte er schnell weggesehen. Er hatte vorgehabt, Marta von diesen Zeilen zu erzählen, sich dann aber dagegen entschieden.

„Ich will die Welt auch sehen. Amerika reizt mich, aber ich glaube, ich fange in Asien an", sagte David.

Ben schnipste seine Zigarette weg. Mit zusammengekniffenen Augen sah er zu der Anzeigetafel, die nur noch eine Minute anzeigte. Er ließ den Kopf sinken; David erkannte, dass er die Stirn kraus legte. Zwanzig Sekunden später stand er auf und schlenderte auf die Bahnsteigkante zu. David beobachtete ihn mit Unbehagen. Ben atmete einmal tief ein und aus, dann lächelte er wieder. Das konnte kein gutes Zeichen sein.

„Ich könnte mich einfach nach hinten fallenlassen. Dann bräuchte ich kein Ticket mehr", sagte er.

David erschrak vor seinen Worten und rutschte auf der Bank nach vorne. „Mach keinen Scheiß", sagte er und hörte die Panik in seiner Stimme.

Ben beugte sich nach hinten, ohne den Blick von David zu wenden. David sah schon, wie er auf die Gleise stürzte, die Bahn würde einfahren und nicht mehr bremsen können.

„Lass es." David sprang auf und machte große Schritte in Bens Richtung. Er packte ihn an den Schulter und zog ihn von der Bahnsteinkante weg.

Ben lachte. Spöttisch, aber auch so, als würde ihn Davids Verhalten sehr amüsieren. Keine zwei Sekunden später fuhr die Bahn ein. Davids Hände zitterten, am liebsten hätte er Ben geohrfeigt.

Ohne ein Wort zu sagen, stiegen sie ein und setzten sich nebeneinander in einen Zweier. David sah aus dem Fenster und spürte Bens Blicke auf sich.

„Ich hätte es nicht gemacht", sagte Ben.

David biss die Zähne aufeinander. Er war sich da nicht sicher.

2020
Paula

Noah und Robert sind auf der Couch eingeschlafen, Roberts Hand liegt auf meinem Oberschenkel. In Momenten wie diesen will ich die Zeit anhalten.

Gerade will ich mich näher an Robert kuscheln, als mein Handy auf dem Couchtisch aufblinkt. Ich hebe den Kopf und versuche dranzukommen, ohne Robert zu wecken. Mein Arm ist zu kurz. Ich rutsche ein Stück von ihm weg und fische nach dem Telefon. Ein Anruf. Unbekannte Nummer.

In der Zeit, in der ich aufstehe und das Wohnzimmer verlasse, hat der Anrufer aufgelegt. Ich wähle die Rückruftaste und es dauert keine zwei Sekunden, bis jemand abnimmt.

„Paula?" Marta.

Ich erkenne ihre Stimme sofort. Ich würde sie unter tausenden erkennen. Unter abertausenden. „Ja?", frage ich nur.

„Stör ich gerade?"

Ich gehe ins Schlafzimmer, schließe hinter mir die Tür und setze mich aufs Bett. Ich sitze aufrecht, angespannt, erwarte alles und nichts von ihrem Anruf. „Du störst nicht", sage ich.

Marta schweigt einen Augenblick; ich höre, dass sie im Hintergrund raschelt, dann höre ich, dass sie an einer Zigarette zieht. „Ich habe vorhin schon mit David telefoniert", sagt sie.

Okay, will ich sagen, aber ich tue es nicht.

„Ich habe mit Rafael geschrieben." Sie sagt Rafael, nicht Rafa. Es klingt, als würde sie von einer anderen Person sprechen.

Meine Brust zieht sich zusammen. Ich sehe Rafas Lächeln, seine schneeweißen Zähne, sehe mein eigenes strahlendes Gesicht. Er ist einmal alles gewesen, was ich vom Leben wollte. Ich hatte gedacht, dass unsere Liebe für immer wäre. Für alle Ewigkeit. Es war ein anderes Gefühl als jetzt bei Robert. Unheimlicher. Gefährlicher. Ich konnte ihn nicht halten. Dass das so sein würde, wusste ich schon, als er mich zum ersten Mal geküsst hatte.

„Über Instagram; er hat durch Zufall meine Nachricht gesehen." Sie hat Qualm im Mund, als sie das sagt. Marta raucht, seit ich sie kenne. Vermutlich hat sie nicht in der

Grundschule damit angefangen, aber ich habe sie immer nur mit Zigarette in Erinnerung. Nach Ben hatte sie es am schwersten. In der Familie, in der sie aufgewachsen ist und die nicht ihre eigene war, spielte sie immer nur die zweite Geige. Über ihre leiblichen Eltern wusste sie nichts; einen Vater hatte es nie gegeben, ihre Mutter war wohl zu jung und hatte sie aus Angst vor ihren eigenen Eltern abgegeben. Schlagartig denke ich an Noah. Meine Eltern lieben ihn. Roberts Eltern lieben ihn. Es ist einfach, die Taten anderer zu verurteilen, wenn man andere Karten auf der Hand hat. Trotzdem habe ich Martas Mutter immer dafür verurteilt, dass sie sie abgegeben hat. Ich habe ja gesehen, wie sehr ihr Kind darunter litt.

„Ich habe kein Instagram", sage ich, obwohl das nichts zur Sache tut. Sobald die Worte raus sind, fühlen sie sich fehl am Platz an. Das war ganz sicher nicht das, was Marta hören wollte. „Warum war er nicht bei der Beerdigung?", füge ich hinzu, bevor sie etwas sagen kann.

„Darum ging es nicht." Sie scheint es nicht näher aus-führen zu wollen. „Er lebt in Innsbruck", sagt sie. „In Österreich."

„In Österreich", wiederhole ich, als wäre Österreich am anderen Ende der Welt und nur mit Floß, Piratenschiff und Rakete zu erreichen. Österreich ist knapp zwei Stunden von unserer Wohnung entfernt. Innsbruck liegt direkt an der Grenze. Ich war mit Robert und Noah erst vergangenes Wochenende dort, im Alpenzoo oberhalb von Innsbruck.

Meine Schüler erzählen, dass sie nach Innsbruck fahren, um im *Primark* einzukaufen. Ich habe von diesem Geschäft vorher noch nie gehört.

„Er ist nicht generell dagegen, uns zu sehen", spricht Marta weiter. „Er hat nicht geschrieben, weshalb er nicht auf Bens Beerdigung war."

Wir würfeln unseren Antworten und Fragen durcheinander, als wären wir nicht mehr im Umgang miteinander geübt. Wir spielen uns gerade erst wieder ein, finden einen ersten gemeinsamen Rhythmus nach einem Tanz, der ausgetanzt schien.

„Du wohnst jetzt in Berlin, oder?", frage ich, obwohl ich es weiß. Ich erinnere mich sogar noch daran, wie Marta dorthin gezogen ist. Mit einem kleinen Koffer, in dem sie das wichtigste hatte. Ich hatte damals im Kopf überschlagen, wie viele Anziehsachen, wie viel, was mir am Herzen lag, in diese Koffergröße passen würde und die Bilanz war nicht gerade erschöpfend. Fast hielt ich es für unmöglich, in einen kleinen Koffer alles hineinzuquetschen, was ich brauchen würde. Trotz der Schnittmenge, die wir seit Jahren hatten, waren unsere Leben verschieden; heute sind sie wahrscheinlich nicht weniger unterschiedlich.

„Kreuzberg", antwortet Marta.

Damit haben wir eigentlich alles gesagt. So kommt mir das Schweigen, was auf ihre Antwort folgt, jedenfalls vor. Ich warte auf ein Zeichen von ihr, das Gespräch aufrechtzuerhalten.

„Du in München." Es klingt nach einer Feststellung.

„Ja. Ich bin Lehrerin an einem Gymnasium im Zentrum", erzähle ich ihr.

Marta sagt nichts dazu. Ich habe keine Vorstellung davon, was sie beruflich macht, ob sie eine Ausbildung oder sogar ein Studium angefangen hat. Vielleicht lebt sie auch mit einem Mann zusammen, vielleicht hat sie auch ein kleines Kind, dem sie gerne beim Schlafen zusieht. Aber davon erzählt sie mir nichts, weil sie überhaupt gar nichts mehr sagt.

„Wie bist du mit Rafa verblieben?" Ich überlege einen Augenblick lang, ihn auch bei seinem vollen Namen zu nennen, aber ich kann nicht. Damit würde ich ihn nur noch weiter von mir wegstoßen, eine Klippe hinunter und in ein tosendes Meer.

„Er hat vorgeschlagen, das wir ihn in Innsbruck besuchen", sagt Marta und plötzlich habe ich den Eindruck, dass sie nur auf diese Frage gewartet hat oder auf den Moment, in dem sie das loswerden kann.

„In Innsbruck", ist das erste, was mir dazu einfällt und es muss sich so anhören, als sei ich überrascht, dass sie und er von Innsbruck sprechen. Da soll er jetzt also wohnen. Ich frage mich, ob er da überhaupt hinpasst. Ich stelle mir vor, wie er auf dem Goldenen Dacherl in Innsbruck steht und wie die Leute mit entrüsteten Gesichtern zu ihm hinaufblicken, weil man dort nicht stehen darf, nicht einmal kann. In meiner Vorstellung geht das und die Menschen sind aufgebracht.

„Was sagst du dazu?", fragt Marta und ich höre keine Ungeduld in ihrer Stimme. Vielmehr klingt es, als warte sie auf die Prognose für die Wetterlage der kommenden Woche.

„Das ist vielleicht eine gute Idee", sage ich nach kurzem Abwägen.

Martas *Ja* kommt verzögert, als hätte sie eine Zeitlang nur genickt und dann gemerkt, dass ich ihr Nicken nicht sehen kann. „David wäre auch dafür."

„Ich habe nur unter der Woche Schule", füge ich hinzu, als würde Marta jetzt sofort anfangen, unseren Besuch bei Rafa zu planen.

„Ich würde vermutlich mit der Bahn kommen", sagt sie, als Antwort darauf oder weil sie es wichtig findet, mich darauf hinzuweisen. „Es ist spät", ergänzt sie mit einer sehr tiefen Stimme, die auch von einer anderen Person als ihr kommen könnte. Sie gähnt.

Ich versuche die Uhrzeit auf Roberts Nachttisch zu erkennen. Es ist fast halb elf. Ich sollte Robert wecken, wir sollten Noah ins Bett bringen und schlafen gehen. „Danke für deinen Anruf", sage ich und empfinde das als eine gute Verabschiedung.

„Ich melde mich."

Marta legt zuerst auf und ich lasse das Handy sinken. Im ersten Moment schaue ich nur geradeaus, dann hinunter auf meine Hand, in der das Handy liegt. Martas Nummer wird mir noch immer angezeigt. Hektisch, als könnte ich die Nummer auf ewig verlieren, speichere ich sie ab.

„Hey Baby." Robert steht mit einem Lächeln in der Schlafzimmertür. „Was machst du?"

Ich hebe das Handy. „Ich habe telefoniert."

„Mit wem?" Er kommt herein. Er hat Noah schon in sein
Bettchen gelegt.

„Marta", sage ich. Vor zwei Jahren habe ich ihm alles
erzählt. Alles, was passiert ist, deshalb hebt er jetzt die
Augenbrauen. Er setzt sich neben mich und legt mir den
Arm um die Schulter. Er wusste, wie schwer es mir gefallen
ist, zu Bens Beerdigung zu gehen und hat mir angeboten,
mich zu begleiten.

„Was hat sie gesagt?", fragt er.

„Wir wollen nach Innsbruck fahren. Zu Rafa." Ich beobachte seine Reaktion, wie er bei Rafas Namen kurz zusam-
menzuckt. Er ist keine Konkurrenz für ihn. Um Welten
nicht. „Gehen wir schlafen?"

2020
Rafa

Ich bin selten hier, in meiner Wohnung. Manchmal vergesse ich, wie ich sie eingerichtet habe und dann komme ich nach Hause und fühle mich wie zu Gast. Ich bin viel unterwegs, weil ich Angst habe, in meiner Wohnung zu sein. Ihre Wände engen mich ein. Oft sehne ich mich danach, nicht im Mittelpunkt zu stehen und obwohl hier keine Blicke auf mich gerichtet sind, fühle ich mich, als stünde ich in der Mitte einer gigantischen Bühne. Es gibt nur einen Scheinwerfer und der wirft sein Licht auf mich. Anklagend und verurteilend. Er ist mein Richter, es gibt keine Schöffen, keinen Staatsanwalt, keinen Verteidiger. Ich bin mir meiner Tat bewusst, weiß aber nicht, was ich getan habe.

Ich sitze im Wohnzimmer auf meiner Couch und glaube, dass ich in einem Möbelhaus sitze. Die Couch ist neu, fast unbenutzt, die Polster sind hart, die Füße, auf denen sie steht, riechen nach Holz. Generell riecht meine Wohnung nach Holz, was mir zusätzlich Unbehagen bereitet, denn Holz brennt schnell. Der Teufel sitzt am Esstisch und stöhnt, weil ihm das Essen so gut schmeckt. Sein roter Kopf mit den kleinen orangenen Hörnern wirkt furchteinflößend. Er hat mich noch nicht entdeckt, sonst hätte er längst etwas gesagt. Wir verstehen uns nicht sonderlich gut. Er isst mit den Händen, saut den Tisch ein, den kleinen Läufer, der auf der Tischplatte liegt. Mit seinen spitzen Zähnen, die rechts und links aus seinem Mund hervorlugen, erwischt er nur die Hälfte, die andere Hälfte tropft ihm vom Kinn oder fällt gleich hinunter auf den staubigen Fußboden. Ich könnte ihn rauswerfen, aber manchmal glaube ich, dass wir nicht die gleiche Sprache sprechen. An anderen Tagen habe ich das Gefühl, das wir uns brauchen. Er treibt mich überhaupt erst hinaus in die Welt. Wenn es ihn nicht gäbe, würde ich hier zugrunde gehen. Niemand würde es bemerken. Ich selbst wahrscheinlich nicht einmal.

Eine Weile noch sehe ich dem Teufel beim Essen zu, dann tippe ich ihm auf die Schulter und nehme ihm den Teller weg. Er protestiert nicht einmal. Er steht auf, öffnet die Schranktür und klettert hinein. Wenn ich ihm etwas zu essen gebe, lässt er mich in Ruhe.

Ich bringe den Teller in die Küche und lasse Wasser in die Spüle laufen. Mit wenigen, schnellen Bewegungen krempele ich die Ärmel meines Hemdes hoch, dann fange ich an zu spülen. Den Teller, die Kaffeetasse, aus der ich eben getrunken habe und meinen Stolz, den ich beschmutzt habe, indem ich nicht zu Bens Beerdigung gegangen bin. Seit Marta mit mir geschrieben hat, fühle ich mich um einige Jahre jünger; kurz nach unserem Gespräch habe ich mich gefühlt wie ein Teenager. Grenzenlos. Aber die Grenzen sind schneller zurückgekommen, als ich loslaufen konnte. So ist das manchmal. Alles ist Illusion und nichts ist klar.

Das Wasser ist zu heiß, aber es stört mich nicht. Ich spüle die paar Teile, die im Becken liegen, dann trockne ich sie ab. Das Geschirrtuch habe ich von meiner Mum zu Weihnachten bekommen; es ist aus den USA, sie sind dorthin zurückgegangen, weil es in Deutschland keine Perspektive für sie gab. Meine Schwester lebt in London, mit einem netten Mann, dem ich vertraue. Sie ist zu weit weg, aber ich besuche sie einmal im halben Jahr. Wenn ich Glück habe, kommt sie her, spontan, und einmal stand sie einfach vor der Tür.

Nachdem ich das Geschirr zurück in die Schränke geräumt habe, nehme ich den Besen und fege durch die Küche. Dann gehe ich ins Badezimmer, ziehe mich aus und stelle mich unter die Dusche. Ich lasse die Augen offen, als mir das Wasser über das Gesicht läuft. Es gibt wenige Momente, in denen ich mich so gelöst fühle. Ich rieche das Parfum der letzten Veranstaltung, während das Wasser an mir hinunterläuft. Jedes Parfum bringt Erinnerungen, manche sind gut, manche bescheiden. Ich mache die Dusche aus, trockne mich ab und wische mit der Hand über den Spiegel, der so beschlagen ist, dass ich mich nicht erkennen kann. Der Mann im Spiegel schaut mir direkt in die Augen. Er fragt mich, was ich hier zu suchen habe. Das hier ist sein Glas, niemand ist dort erwünscht. Ich versuche, ihn anzulächeln, aber mein Gesicht ist starr; die Muskeln zu bewegen kostet mich Anstrengung. Ich bin es, der den Blick abwendet, nicht der Mann hinter der Scheibe.

Ich ziehe mir eine Jogginghose und ein Sweatshirt an, dann gehe ich wieder in die Küche, hole ein Glas aus dem Schrank und eine Flasche Sprudelwasser aus der Vorratsecke. Das Wasser schmeckt nach Regenwürmern, aber plötzlich habe ich das Gefühl zu verdursten, wenn ich jetzt nichts trinke. Wie, wenn man einen Kater hatte und Nachdurst verspürt. Alkohol trinke ich seit Jahren nicht mehr. Erst konnte ich nicht, wegen der vielen Tabletten, die ich nehmen musste, dann wollte ich nicht mehr. Es gibt mir nichts. Mich aus dem Leben zu schießen, hat keinen Reiz für mich. Ich will niemand anderes werden, ich bin ja schon unzufrieden mit dem, der ich bin. Was bringt es mir, für eine Nacht eine bessere Version von mir zu sein, wenn am nächsten Morgen mein altes Ich auf mich wartet. Meistens mit einem spöttischen Grinsen im Gesicht. Meine Ichs können hart zueinander sein.

Mit dem Glas gehe ich ins Wohnzimmer, bleibe einen Augenblick in der Mitte des Raumes stehen, schaue zu dem Fenster, aber obwohl ich nach draußen gucke, sehe ich nicht, was sich dort abspielt. Ich stelle das Glas auf dem Klavier ab, ziehe den Stuhl hervor, setze mich und klappe die Klaviatur auf. Ich lege die linke Hand auf die weißen Tasten und betrachte meine Finger. Sie haben sich lange keine Zeit mehr dafür genommen, weiße und schwarze Tasten zu berühren. Wie von alleine fängt meine Hand an zu spielen, aber dann unterbreche ich mich, bis meine rechte Hand ebenfalls auf den Tasten liegt.

Ohne nachzudenken spiele ich *Comptine d'un autre été* und höre meinen eigenen Gefühlen zu, wie sie ausbrechen, zusammenschmelzen und wieder zerbersten. Wie sie mich umflattern wie unzählige kleine Schmetterlinge, wie sie sich auf meine Schultern setzen, auf meinen Kopf. Ihre winzigen Beinchen kitzeln auf meiner Haut, ihre Flügelschläge lassen die Luft vibrieren.

Während ich das Stück spiele, klettert der Teufel aus dem Schrank, klopft mir zweimal auf die Schulter und verlässt die Wohnung durchs Fenster.

2009

Vieles war weiß in der Klinik in der Nähe vom Tegernsee und Rafa fuhr fast täglich hin, um Ben zu besuchen. Marta, David und Paula wohnten noch in München, er selbst hatte eine Ausbildung zum Gebirgsjäger in Mittenwald angefangen. Die Klinik lag fast auf halbem Weg zwischen Mittenwald und München.

Die Wände waren weiß, überall. Die Bettwäsche, sogar das Bettgestell. Rafa dachte sich jedes Mal, dass er verrückt werden würde, müsste er auch nur einen Tag hier verbringen. Ben nahm sein Schicksal tapfer an, er erwartete Rafa im Besucherraum. Es stand immer eine Flasche Wasser auf dem Tisch. Ben trug eine schwarze Jogginghose und ein schwarzes T-Shirt. Seine Haut sah im Gegensatz zu seiner Kleidung dünn wie Zeitungspapier aus. Hell. Rafa dachte daran, wie Ben einmal im Sommer ausgesehen hatte, als es ihm besser ging. Er war immer eher schlank gewesen, aber er wirkte nicht so unterernährt wie jetzt. Er hatte eine gesunde Hautfarbe gehabt, war sogar braun geworden. Unter den Augen und auf der Nase hatte er einen leichten Sonnenbrand gehabt, seine blonden Haare waren von der Sonne heller geworden. Es hatte einen Sommer gegeben, in dem Ben viel gelacht hatte, aber der Sommer schien weit entfernt. Genauso weit entfernt waren seine Pläne, nach Amerika zu gehen.

Es war nicht einfach, ein Gesprächsthema zu finden. Ben war fast vollständig verstummt, er wollte immer, dass Rafa erzählte. Von seiner Ausbildung zum Gebirgsjäger, von seinem Leben in der Kaserne. Rafa hatte ein paar neue Freunde gefunden, Kameraden von ihm. Mit Frederick verstand er sich am besten; er war ein stämmiger Typ mit dunkelblonden Haaren. Er wirkte immer etwas verpeilt, war aber eigentlich ziemlich intelligent. Sie verbrachten viel Zeit zusammen. Manchmal, wenn er mit Frederick lachte, vergaß er, dass Ben abgeschottet von der Außenwelt in der Klinik war. Er vergaß sogar manchmal, dass es Ben gab. An den Wochenenden fuhr Rafa nach München, um bei Paula zu sein. Sie hatte immer viel zu lernen, das erzählte er Ben, wenn er ihn besuchte.

Ben erzählte nichts von der Klinik. Am Anfang hatte David, als sie alle zusammen zu Besuch gekommen waren, ihn gefragt, ob es wenigstens heiße Pflegerinnen gab, aber Ben hatte nur müde gelächelt. Es interessierte ihn nicht im

Geringsten und sein Desinteresse an allem war das, was ihnen Sorgen bereitete.

An einem Nachmittag – der Vormittag war für Rafa in der Kaserne anstrengend gewesen – saßen sich Ben und Rafa im Besucherraum gegenüber. Ben knibbelte an der Haut seiner Fingernägel, knabberte daran, sein Mittelfinger blutete ein bisschen. Er wischte das Blut an seinem T-Shirt ab, dann zog er die Nase hoch und sah Rafa an. „Hattest du schon einmal das Gefühl, du ertrinkst?", fragte er ihn. Er richtete seine Augen starr auf Rafas Gesicht, als wäre die Antwort überlebenswichtig für ihn.

Rafa zog die Augenbrauen hoch, er änderte seine Sitzposition. „Unter Wasser?" Er konnte noch nicht abschätzen, worauf Ben hinauswollte.

„Nein, nicht unter Wasser." Bens Augen erhielten einen seltsamen Schein; einen ähnlichen Schein erhalten Augen, wenn ein Mensch einen anderen anfleht. Aus Verzweiflung, nicht aus Bequemlichkeit.

„Das hatte ich noch nicht", sagte Rafa aufrichtig.

Ben nickte, lehnte sich wieder zurück und wandte den Kopf zur Seite. Rafa folgte seinem Blick, aber der Punkt, den Ben fixierte, war für ihn unsichtbar.

„Hast du das Gefühl manchmal?", fragte er Ben.

Als Antwort sah Ben wieder zu ihm. Er nickte nicht und er schüttelte nicht den Kopf. Er sah Rafa vermutlich nicht einmal an, er sah durch ihn hindurch, durch die Tür hindurch, durch die Wände der Klinik hindurch. „Ich habe manchmal das Gefühl, dass ich keine Luft mehr kriege, obwohl genug Luft da ist. Verstehst du?"

Rafa überlegte, bevor er antwortete, aber Ben wusste, dass er das nicht verstehen würde. Ihn verstand niemand.

„Meine Leberwerte sind besser", sagte er aus dem Nichts heraus.

„Echt? Das ist doch super." Rafa lächelte ihn an. Er hatte das Gefühl, ihm fiele ein Stein von der Brust. Bisher hatte er nicht gewusst, welchen Verlauf dieses Gespräch nehmen würde.

„Jetzt kann ich unter Wasser atmen, nur oberhalb funktioniert es noch nicht so gut." Ben nahm die Wasserflasche von der Mitte des Tisches und goss sich ein Glas ein.

Es war nicht unüblich, dass er Aussagen traf, die man nicht gleich durchstieg. Rafa dachte einen Moment darüber nach. Stand *unter Wasser* vielleicht dafür, dass es ihm hier gut ging und *über Wasser* stand sinnbildlich für die Außenwelt, mit der er seit Wochen kaum Kontakt hatte. Er nahm sein eigenes Glas auch in die Hand, trank aber nichts daraus.

„Einmal leben, das wär's", sagte Ben und sein Blick schweifte in ein Paralleluniversum, zu dem Rafa keinen Zutritt hatte. Er tat ihm leid, aber er wusste, dass Ben kein Mitleid wollte. Er wollte ihn am liebsten fragen, was er damit meinte, aber er wagte es nicht. „Wenn ich erst einmal in Amerika bin, fange ich in Florida an. Da gefällt es mir, glaube ich. Ich habe die ganze Ostküste Amerikas durch, habe mir tausende von Bildern angesehen."

Rafa schluckte. Er fragte sich, ob Ben wirklich glaubte, dass er irgendwann einmal in Amerika sein würde, dass er dort leben würde. Er vermutete, dass es das einzige war, das Ben noch am Leben hielt. Er hatte ihn nie gefragt, warum ausgerechnet Amerika.

„Wo würdest du anfangen?", fragte er Rafa. Seine Augen waren im Hier und Jetzt, das kam selten vor.

Rafa zog die Augenbrauen zusammen, legte die Handflächen aneinander und lehnte sich in seinem Stuhl so weit nach vorne, dass er die Ellenbogen auf die Oberschenkel stützte. „Ich würde auch in Florida anfangen", entschied er sich. „Das erscheint mir ein gutes Ziel. Ich würde erst einmal eine Runde skaten gehen am Venice Beach."

Ben grinste ihn an und sah so spitzbübisch aus wie noch nie. „Cool."

Eine Stunde später ging Rafa, aber mehr sagten sie eigentlich nicht.

2020
Marta

Bahnhöfe sind zeitlos. Trotzdem fällt es mir schwer, in den Zug Richtung Vergangenheit zu steigen. Er wird zu schnell fahren. Ich habe ein Zugticket von Berlin nach München gebucht, David hat die Tickets von München nach Innsbruck für Paula und mich besorgt und Sitzplätze nebeneinander reserviert. Er hat uns nach unseren Mailadressen gefragt, um uns die Tickets weiterzuleiten. Es gibt Gewöhnlicheres, als wenn dich ein alter Freund nach deiner E-Mail-Adresse fragt. Die sollte man in der Regel wissen. David hätte mir das Ticket auch auf das Handy schicken können, meine Nummer hat er ja. Paulas auch.

Als ich am Bahnsteig stehe und auf die Einfahrt des ICE warte, halte ich mein Gesicht in die Sonne, die zu dieser Jahreszeit an Strahlungskraft verloren hat. Vorhin habe ich ein Gespräch mit Tom geführt. Er hat mich gefragt, warum ich für dieses Wochenende weg bin, wo ich bin. Als ich ihm sagte, ich würde alte Freunde treffen, lachte er und fragte mich, ob ich auf Sauftour ginge. Er rafft nichts. Er hat überhaupt keine Ahnung, wie es mir geht. Ich bin sein Zeitvertreib, ich bin unkompliziert für ihn. Mehr ist es nicht. Es ist nicht so, als hätte ich mehr erwartet oder mehr gewollt, aber das es so offensichtlich *nicht mehr* ist, ist fast schon lächerlich. Neben mir steht ein Pärchen vor ihren zwei Koffern, sie halten Händchen, stehen nah beieinander. Ich weiß, dass Liebe schön ist, aber ich will sie nicht mit Tom.

Bevor meine Gedanken in eine Richtung gehen, die wehtut, wende ich den Blick ab. Ich habe nur eine kleine Tasche dabei, die vor meinen Füßen steht. Für eine Zigarette fehlt mir die Zeit, also verschränke ich die Arme vor der Brust und versuche an nichts zu denken. An nichts und niemanden. Es gelingt mir nicht.

Der Zug fährt ein und hält mit einem ohrenbetäubenden Quietschen. Die Türen werden geöffnet, es steigen viele aus, es steigen mehr Leute aus als wieder ein. Wenn ich Glück habe, bekomme ich einen Sitzplatz. Das Pärchen steigt vor mir ein. Als sie nach rechts gehen, gehe ich aus Protest nach links. Ich gehe den Gang entlang und finde tatsächlich einen Platz. Nachdem ich meine Tasche in die Kofferablage gehoben habe, setze ich mich auf den Fensterplatz und schließe die Augen. Wenn ich sie wieder öffne, bin ich wieder 16. Fast panisch reiße ich die Augen wieder auf. 16 will ich nicht sein. Nicht mehr. Nicht 16, nicht 12, nicht 4.

Ich will weder 19 noch 29 sein. Sicher träumen sich die meisten Menschen in ihre Vergangenheit zurück, in der sie ein Gefühl der Heimat erlebt haben, in der sie angekommen sind. Mein Zuhause ist Berlin und das lasse ich jetzt hinter mir für ein paar Tage. Kurz stelle ich mir vor, wie es wäre, wenn ich nicht wiederkommen würde. Wenn mein Ziel nicht München und dann Innsbruck wäre, sondern einen Ort, den ich selbst nicht kenne. Wenn ich einfach in einen Zug steigen würde, ohne ein Ziel zu haben. Damals, als ich von München nach Berlin gezogen bin, war meine Tasche auch nicht größer. Ich habe alles, was ich brauche dabei. Dieser Gedanke fühlt sich befreiend und beängstigend zugleich an. Wie kann ein Mensch in meinem Alter so unstet sein? Wieso gehöre ich immer noch nirgendwohin? Ich erlaube mir solche Fragen selten, wenn, dann sitze ich in Zügen oder Flugzeugen, den einzigen Orten auf der Welt, an denen ich frei sein kann. Wenn ich an meine Wohnung in Kreuzberg denke, bekomme ich eine Gänsehaut. Wenn ich ehrlich bin, fühlt sie sich noch weniger nach zuhause an, als das Haus von Adele und Stefan.

Es setzt sich ein junges Mädchen neben mich. Sie grüßt mich und erinnert mich sofort an Charlotte. Sie hat ihre Haarfarbe, ihr Gesicht sieht komplett anders aus. Wahrscheinlich erinnert sie mich nur an Charlotte, weil ich sowieso gerade an Adele und Stefan gedacht habe und weil Charlotte unbedingt dazugehört. Noch mehr als ich. Das war so, seit es sie gibt. Das Mädchen zieht einen dicken Wälzer aus der Tasche und schlägt ihn ungefähr in der Mitte auf. Dann lächelt sie mich an und erinnert mich nicht mehr an Charlotte. Charlotte hat mich nie angelächelt. Ich war für sie immer ein Dorn im Auge. Schon als sie ein Baby war, hat sie wie am Spieß geschrien, wenn ich in der Nähe war.

Der Zug fährt los, fährt aus dem Hauptbahnhof heraus. Es ist schon ein bisschen so, als wüsste ich mein Ziel nicht. David und Paula habe ich erst vor ein paar Wochen gesehen, Rafa seit einigen Jahren nicht. Ich wünsche mir sehr, dass er noch so ist wie früher, aber allein das, was wir gemeinsam erlebt haben, wird ihn verändert haben.

Ich lehne meinen Kopf an die Lehne und wage es noch einmal, meine Augen zu schließen. Wenn ich sie wieder öffne, bin ich immer noch 29.

2020
David

Ich habe beim Buchen darauf geachtet, dass Marta genug Zeit hat, um umzusteigen. Sie steht schon am Bahnsteig, als ich dort ankomme; sie trägt eine Sonnenbrille und hat ihre Hände in ihre Jackentaschen gesteckt. Als sie mich sieht, lächelt sie; als ich vor ihr stehe, nimmt sie mich in den Arm.

„Wieder mal München", sage ich zu ihr und versuche, es positiv klingen zu lassen. Es ist seltsamer, sie nach kurzer Zeit wiederzusehen, als in den unregelmäßigen Abständen der letzten Jahre.

„Wieder mal München", wiederholt sie und lacht tatsächlich kurz.

„Paula müsste auch jeden Moment da sein", sage ich und schaue auf mein Handy. Wir haben uns unter dem Buchstaben E am Bahngleis verabredet. Als ich das Handy wieder einstecke, sehe ich sie zwischen den anderen Passagieren, die hier warten. Sie schiebt einen kleinen Rollkoffer hinter sich her und winkt uns zu.

Anders als beim letzten Mal umarmt Marta sie. Für einen Augenblick stehen wir stumm wie Fische voreinander und suchen nach unserer Sprache.

„Gut, dass das so schnell geklappt hat." Paula ist die erste, die etwas sagt. Sie sieht von mir zu Marta und zurück. Marta nimmt ihre Sonnenbrille ab und steckt sie sich in die Haare.

„Der Zug von München nach Innsbruck fährt zwei Stunden", sagt Marta, als hätten wir sie danach gefragt.

Paula nickt konzentriert, als hätte sie auf diese Information gewartet. Sie senkt den Kopf, drückt den Griff ihres Rollkoffers in die Führung und zieht ihn wieder heraus.

Bis der Zug kommt, sagen wir nichts. Wir stehen nebeneinander, gucken in unterschiedliche Richtungen und schicken Stoßgebete los, dass der Zug uns endlich aus dieser Situation entlässt. Paula und Marta sind so verschieden, dass ich mir kaum mehr vorstellen kann, dass sie mal gute Freundinnen waren. Wir haben früher jeden Tag miteinander verbracht und jetzt halten wir die zehn Minuten bis zur Einfahrt des ICE nicht aus.

„Da ist er ja", sagt Paula, als der Zug einfährt. Ich lächele sie an. Früher war ich es nicht, der den engeren Kontakt zu ihr hatte.

Marta steigt als erste ein, ich lasse Paula den Vortritt. Mit der Sitzplatzreservierung hat alles problemlos geklappt. Wir verstauen das Gepäck in den Ablagen und setzen uns an den

Viererplatz. Zwischen uns steht ein Tisch. Paula sitzt Marta und mir gegenüber.

„War es eigentlich Rafas Idee?", frage ich Marta, als der Zug losfährt. Sie hat ein mobiles Ladegerät auf den Tisch gelegt und stöpselt ihr Handy ein.

„Rafa hat es vorgeschlagen. Seine Idee", antwortet sie.

„Habt ihr nur geschrieben oder auch telefoniert?", fragt Paula.

„Wir haben nur geschrieben." Marta beantwortet die Fragen genau, sie fügt keine Information hinzu und lässt keine weg.

„Hast du Rafa noch einmal gesehen?", fragt Paula mich.

„Ich habe ihn noch ein paar Mal im Krankenhaus in München besucht, aber als er nach Garmisch verlegt wurde, ist der Kontakt weniger geworden. Zu der Zeit haben meine Reisen begonnen", sage ich und halte das vermutlich selbst für eine nachvollziehbare Erklärung.

Sie nickt.

„Und du?", frage ich sie.

„Ich war auch nie in Garmisch im Krankenhaus." Sie sieht mich an und lächelt kurz. Für sie gab es sicher noch andere Gründe. „Aber ihr zwei, ihr seht euch ab und zu, oder?" Sie wendet sich an Marta.

„Nicht so häufig. Aber wir schreiben uns hin und wieder, oder?", frage ich Marta, weil sie nichts sagt.

„Ja. Ich bin selten in München", sagt sie schließlich.

Paula nickt, scheint nicht zu wissen, wie sie mit dieser Aussage umgehen soll und sieht aus dem Fenster. Der ICE setzt sich in Bewegung, langsam nur rollt er aus dem Bahnhof.

„Was machst du denn mittlerweile?", frage ich sie.

Sie sieht mich an. „Ich habe seit einem Jahr meine feste Stelle an einem Gymnasium im Zentrum. Mein Referendariat hatte sich ein bisschen verzögert, weil ich schwanger geworden bin." Ihre Wangen färben sich rosa, als sie das sagt und ich sehe, dass sie viel heller strahlen möchte als sie es tut.

Marta neben mir zuckt unmerklich zusammen. Wenn ich nicht wüsste, warum, hätte ich es vermutlich gar nicht bemerkt.

„Du bist Mama?", frage ich Paula und merke, dass mich das tief im Herzen freut.

„Ja, ich habe Robert im Referendariat kennengelernt. Es war nicht geplant." Sie presst ihre Lippen aufeinander, als müsste sie ein Lachen unterdrücken.

Marta lächelt neben mir. Am liebsten würde sie in Tränen ausbrechen, das weiß ich. „Junge oder Mädchen?", fragt sie tapfer.

„Ein Junge. Noah. Er ist vor zwei Monaten drei Jahre alt geworden", sagt sie und möchte den Stolz in ihrer Stimme, ein bisschen zurückhalten. Es gelingt ihr nicht.

„Zeig uns mal ein Foto", bitte ich sie. Ich bin mir sicher, dass er ihr ähnlich sieht.

Paula lächelt noch immer und holt ihr Handy aus der Jackentasche. Für einen Augenblick scrollt sie durch ihre Aufnahmen, dann legt sie ihr Handy so herum auf den Tisch, dass wir das Bild von ihrem Sohn sehen können.

Noah trägt einen Schlafanzug, er hat dunkle, lockige Haare und hellblaue Augen. Obwohl seine Augen eine andere Farbe haben als Paulas, sind es ihre Augen. Es ist ihr Lachen, das er auf seinen glänzenden roten Lippen trägt.

„Er sieht dir ähnlich", sage ich.

„Findest du? Er hat viel von Robert." Paula schaut sich das Bild selbst noch einmal an, dann steckt sie ihr Handy wieder in die Tasche. „Es wird seltsam sein, Rafa wiederzusehen", sagt sie gedankenverloren und lässt den Blick aus dem Fenster schweifen.

2020
Rafa

Wasserflaschen. Milch. Eier. Brot. Tomaten. Hackfleisch. Nudeln. Knoblauch. Bananen. Äpfel. Butter. Der Einkaufswagen steht in der Gemüseabteilung und ich halte mich an den kleinen Zettel in meiner Hand, den ich vorhin zuhause geschrieben habe. Die meisten Sachen, die ich kaufen muss, sind Grundnahrungsmittel. Weil ich so selten zuhause bin, habe ich kaum etwas da. Dass ich zum letzten Mal Besuch hatte, ist Ewigkeiten her. Dass ich zum letzten Mal gekocht habe, Lichtjahre.

Ich bleibe eine ganze Zeit vor den Apfelkisten stehen, obwohl ich Äpfel schon im Wagen habe. Eine Parallelwelt hat sich in der Erde eingenistet und ich bin der einzige Bewohner dieses Planeten. Ich habe den Anschluss an eine Welt verloren, die alle kennen, so wie sie ist. Es gibt ein eigenes Ökosystem auf diesem Planeten, vieles ist anders.

Um mich herum hat sich eine Blase gebildet; um mich zu berühren, muss man zuerst die Blase zerplatzen lassen.

Toni war die letzte, die es geschafft hat, durch diese Blase zu kommen. Aber Toni ist jetzt nicht mehr da. Zuletzt war sie in Namibia in einer Lodge, sie kann wieder lachen. Ich habe ihr nicht gutgetan.

Eine Frau schiebt meinen Wagen einen Stück zur Seite, weil sie nicht vorbeikommt. Ich entschuldige mich und lasse die Gemüseabteilung hinter mir. Ich lege Toilettenpapier in den Wagen, Duschzeug, Deo, ein Glas Nutella. Dann gehe ich zur Kasse.

Am meisten Angst habe ich vor Paula. Ich will ihr nicht begegnen, aber auf der anderen Seite kann ich es kaum erwarten, sie wiederzusehen. Es gibt Menschen, die lösen bei dir immer wieder ein und dasselbe Gefühl aus; Paula war immer Geborgenheit für mich.

Ich lege die Lebensmittel auf das Band, das Toilettenpapier, das Duschzeug, das Deo. Noch bevor ich dran bin, hole ich mein Portmonee heraus. Schließlich überreiche ich der Dame hinter der Kasse zwei Scheine. Sie sieht müde aus, faltig, aber sie lächelt mich an.

Nachdem ich die Einkäufe in meinem Auto verstaut habe, bringe ich den Wagen zurück und steige ein. Marta und ich haben mal einen Einkaufswagen geklaut, sie saß drin, ich habe sie geschoben. Den ganzen Weg von der Schule bis zu der Siedlung, in der sie mit ihrer Pflegefamilile gelebt hat. Es gab eine Zeit, da war es wichtig, sie zum Lachen zu bringen.

An diesem Nachmittag hat sie viel gelacht, sie musste sich den Bauch halten.

Je näher ich meiner Wohnung komme, desto größer werden die Vorwürfe, die ich ihnen mache: Marta, David und Paula. Je näher ich meiner Wohnung komme, desto größer wird mein Wunsch, dass sie meine Welt nicht betreten. Dass sie fernbleiben. Sie haben sicher Nadeln und Scheren dabei, um die Blase zum Platzen zu bringen. Nur deswegen kommen sie doch her. Mittlerweile bereue ich es, nicht zu Bens Beerdigung gegangen zu sein. Nicht unbedingt wegen Ben, sondern weil ich diesem Treffen aus dem Weg gehen könnte. Nirgendwo mache ich mich angreifbarer, als in meinen eigenen vier Wänden und gleichzeitig bin ich nirgendwo so sicher wie dort.

Ich parke, trage die Tüten hoch in meine Wohnung und öffne die Fenster, um durchzulüften. Alles, was gekühlt werden muss, verstaue ich im Kühlschrank; die Verpackung des Toilettenpapiers reiße ich auf und lege die Rollen in den Schrank unter dem Waschbecken. Die Duschzeugflasche drehe ich auf und rieche daran. Lavendel. Ich stelle sie in die Dusche, das Deo auf den Rand des Waschbeckens.

In der Ecke des Wohnzimmers liegt schon die alte Luftmatratze, die ich noch im Keller gefunden habe. Ich habe mir von meinem Nachbarn eine Luftpumpe geliehen und falte die Matratze auseinander. Auf der Rückseite befindet sich die Öffnung, ich stecke den Schlauch der Luftpumpe hinein. Jede Bewegung spüre ich in meinem

Knie. Nach zwei Minuten muss ich die erste Pause machen. Der Schmerz ist stechend, fährt von meinem Bein in meinen Rücken. Immer, wenn er so ist wie jetzt, halte ich die Luft an. Ich spüre jede der Schrauben, die mein Bein zusammenhalten, jede Platte vom Fußgelenk bis zur Hälfte des Oberschenkels. Weil ich das Gefühl habe, dass mein Bein steif wird, werfe ich mich in die Couch und presse die Augen zu. Der Schmerz lässt nicht nach. Er kriecht vom Knie in beide Richtungen, bis in meinen Fuß, bis in meinen Oberschenkel, er schweift aus, will meinen ganzen Körper einnehmen. Es sind kleine Soldaten, die sich mit schweren Geschützen beschießen. Sie werfen Handgranaten, fahren mit Panzern über zerstörten Grund. Sie werden keinen Frieden geben, heute nicht, vielleicht nie wieder.

Ohne mein Bein zu belasten, kämpfe ich mich in die Küche. Meine Hände zittern, als ich die Schmerztabletten aus dem Blister drücke. Ich nehme zwei auf einmal, halte den Kopf unter den Wasserhahn und schlucke sie mit einem Schwall lauwarmen Wassers herunter. Ich lasse mich auf den Küchenboden sinken, lehne meinen Kopf an den Schrank unter der Spüle und warte. Ich warte eine Minute, zwei, sieben. Es dauert mindestens zehn Minuten, bis die Tabletten wirken; früher ging es schneller. Ich saß oft so am Boden, zu Boden gerissen von einem Feuerwerk in meinem Bein. Als die Tablette wirkt, merke ich, dass ich in Schweiß gebadet bin. Ich stehe vorsichtig wieder auf, belaste das Bein immer noch nicht vollständig und stolpere mehr, als dass ich gehe, ins Badezimmer. Ich habe das Licht angelassen. Meine Stirn ist nass, meine Augen sind trüb. Ich werfe mir Wasser ins Gesicht, lege meine nasse Hand unter mein T-Shirt auf meinen Rücken. Vorsichtig versuche ich, wieder aufzutreten. Ich weiß, wo der Fehler war. Ich habe das Bein falsch eingedreht. Mein ganzes Gewicht lag auf dem falschen Bein.

Als ich mich wieder an die Luftmatratze mache, bleibe ich auf der Couch sitzen. Die Fußgängerzone verläuft unterhalb meines Fensters; ich höre Stimmschwaden, die wie Nebel in meine Wohnung ziehen. Ich schaue auf die Uhr. In eineinhalb Stunden wird der Zug am Bahnhof einfahren. Ich muss meine Rüstung noch putzen, bevor ich sie anziehe.

2011

Es gibt Tage, die sind schicksalsträchtig. Es gibt Tage, die fangen schon so an und es gibt Tage, die eigentlich eher Nächte sind, die so enden. Der achte Juli war so ein Tag. War so eine Nacht.

Bens Drogensucht war schon lange kein Geheimnis mehr, einen Klinikaufenthalt hatte er schon hinter sich. Der Umgang damit war nicht leicht. Ben spielte ihnen vor, er hätte seine Sucht im Griff; aber sie geriet immer mehr außer Kontrolle.

Timo, ein ehemaliger Schulfreund und Rafas Fußballkollege, schmiss zu seinem Geburtstag eine Party im Haus seiner Eltern. Es war eines dieser Häuser, die vor Wohlstand und Überheblichkeit strotzten und es hätte das Bild der Familie getrübt, hätten die Eltern ihrem Sohn nicht erlaubt, seinen Geburtstag dort zu feiern. Seine Freunde sollten schließlich sehen, wie wohlhabend er war. Die Eltern waren über das Wochenende in ihrem Ferienhaus in den Alpen; als Paula, Marta, David, Rafa und Ben dort ankamen, sah es aus wie auf einer Collegeparty. Überall standen Plastikbecher, Bier- und Schnapsflaschen. In der ein oder anderen Ecke standen knutschende Pärchen, auf den Tischen lagen Trinkspiele. Die Musik war bis zum Maximum aufgedreht, die Bässe wummerten in der Erde.

Timo begrüßte sie mit einem Sixpack Bier, Rafa öffnete die Flaschen mit einem Feuerzeug. Sie setzten sich in den Wintergarten. Es war häufig so, wenn sie zu fünft unterwegs waren, dann wagte es niemand, in ihren Kreis zu gelangen. Den einzigen, denen sie Zugang gewährten, waren die Jungs, die Marta abschleppte. Aber die blieben sowieso nicht lange, vielleicht für eine Nacht oder eine Woche. Länger nie.

Rafa und David mischten ein Kartenspiel, verteilten die Karten auf fünf Haufen. Ben war unruhig, er hatte ein Hemd an, das am rechten Ärmel eingerissen war. Seine Jeans hatte Löcher, die gewollt waren, aber er wippte nervös mit dem Bein auf und ab. Marta und Paula warfen sich einen Blick zu, dann spielten sie und versuchten, nicht darauf zu achten, wie Ben sich verhielt. Er verpasste zweimal, dass er dran war, legte schlechte Karten ab, obwohl er bessere auf der Hand hatte. Er war mit den Gedanken woanders. Irgendwo anders.

Nach dem Spiel besorgten David und Marta neue Getränke, Rafa bat Paula, mit in den Garten zu kommen. Sie waren jetzt fast zwei Jahre zusammen. Es war schwierig zwischen ihnen geworden, sie nahmen sich kaum noch Zeit füreinander. Paula lernte bis spät in die Nacht und zog mit den Freunden von der Uni um die Häuser; Rafa wohnte über hundert Kilometer von ihr entfernt. Die letzten beiden Wochenenden hatten sie es nicht geschafft, sich zu sehen. Rafa hatte nicht vor, mit Paula darüber zu sprechen, als sie im Garten standen. Er wollte einen Moment mit ihr alleine sein, sie in den Arm nehmen und küssen. Es fühlte sich neuerdings seltsam an, sie zu küssen. Als wäre sie zwar mit dem Kopf, aber nicht mehr mit dem Herzen dabei. Eigentlich wussten sie beide, dass ihre Beziehung nicht mehr funktionierte, aber sie hielten sich an dem letzten Strohhalm fest.

Marta war es, die in den Garten stürmte. „Ben ist weg", sagte sie. „Bestimmt baut er Mist."

Seit sie vor Jahren mit ihm ins Krankenhaus gefahren wurde, schlug sie häufig mal Alarm.

„Wir kommen", sagte Rafa und gab Paula einen Kuss auf den Scheitel. Sie spürte, dass er ihr entglitt, dass sie selbst Schuld daran war. Es war anders gekommen, als sie gedacht hatte. Nicht sie konnte ihn nicht halten, sie konnten sich gegenseitig nicht halten.

Ben war nirgends zu finden, nicht im Erdgeschoss, nicht im Obergeschoss. David schaute eine Weile im Keller nach, dann hörten sie von draußen einen Motor aufheulen. Timo rief irgendetwas, es war das Auto seiner Eltern, das aus der Garage rollte.

David, Marta, Paula und Rafa rannten auf die Straße. Tatsächlich erkannten sie Ben hinter dem Steuer. David rannte auf ihn zu, schlug gegen die Scheibe, aber Ben starrte geradeaus.

„Was machst du? Mach die Türe auf." Er zog wie ein Verrückter an dem Griff, aber Ben schien nur darauf zu warten, dass er von ihm abließ. Er fuhr ein Stück nach vorne, David prallte vom Auto ab und fiel rücklings auf die Straße. Ben schaute mit panischem Blick durch die Scheibe der Fahrertür, aber als er sah, dass David sich nicht ernsthaft verletzt hatte, schlug er das Lenkrad ein, rollte die letzten Meter auf die Straße und gab Gas. Er sah Rafa nicht, der sich auf die Straße warf, um ihn aufzuhalten. Er sah nur, wie Rafa über die Motorhaube flog. Er drückte die Bremse durch, sah aus dem Fenster der Beifahrerscheibe. Die Zeit war eingefroren. Marta und Paula hatten beide die Hände vor den Mund geschlagen; alle Leute, die aus dem Haus gerannt kamen, waren stehengeblieben, erstarrt. Vor Schock. Ben schmeckte die bitteren Tränen auf der Zunge, er wusste, dass er die Kontrolle verloren hatte, er wusste, dass er alle Verbindungen kappte, die ihn in dieser Welt hielten. Weil er aufs Gas getreten hatte, hatte er alles verloren.

Erst als er wieder Gas gab, kehrte die Zeit zurück. Marta und Paula rannten kreischend auf die Straße. Im Rückspiegel sah Ben, dass Rafa regungslos dort lag. Er war komplett über das Auto geschleudert worden. Vielleicht war er sogar tot. Er war blind vor Tränen, aber er fuhr so schnell es ging aus der Siedlung heraus, auf die Landstraße. Jetzt konnte er endlich ausbrechen. Jetzt konnte er München für immer verlassen. Er schluchzte, als er die Autobahn erreichte, wischte sich die Tränen aus dem Gesicht. Er hörte sich schreien, aber er merkte nicht, dass er es tat. Er fuhr viel zu schnell, schlug auf das Lenkrad ein. Er würde nie wieder zurückkommen können.

Rafa lag bewusstlos auf der Straße, sein linkes Bein war auf eine merkwürdige Art verdreht. Es sah aus, als würde nur noch die Hose sein Bein zusammenhalten. Paula rief etwas, jemand rief den Krankenwagen. Marta hielt Paula fest, die drohte, neben Rafa zusammenzubrechen.

„Er ist tot", schrie sie mehrmals. „Er ist tot."

Marta hielt ihr den Mund zu und Paula biss ihr auf die Finger. Ihre Brust zersprang in tausend Einzelteile. David fiel neben Rafa auf den Boden. Hier lag nicht nur Rafa. Hier lag ihre Freundschaft.

2020

Marta

Am liebsten würde ich den Rest der Fahrt hierbleiben. Mit meinem Kaffee an einem der Tische im Bordbistro und nicht mehr zurück zu David und Paula gehen. Ich hatte eben das Gefühl, keine Luft mehr zu bekommen, nicht mehr atmen zu können. Seit ich den Kaffee trinke, geht es wieder. Mein Herz schlägt wieder. Paula ist Mutter. Mir liegt ein Kloß im Hals, der so groß ist, dass ich kaum an ihm vorbeischlucken kann. Wenn er nicht bald verschwindet, ersticke ich doch noch.

„Hey." Paula steht hinter mir und lächelt mich an. Sie deutet auf meinen Kaffee. „Ich habe mich umentschieden. Ich nehme doch einen." Sie geht an mir vorbei zu dem Mann, der den Kaffee verkauft und bestellt sich einen Becher. „Sollen wir uns einen Moment dahin setzen?", fragt sie mich und deutet auf einen Tisch, der gerade freigeworden ist.

„Okay." Ich lasse ihr den Vortritt und sie setzt sich auf einen der beiden Stühle. Die Tischplatte ist voller Krümel und undefinierbarer Flecken. Paula breitet eine Serviette aus, damit wir nicht an den Dreck kommen. Als ich mich setze, sieht sie mich kurz erwartungsvoll an, dann schaut sie zu ihrem Becher und richtet den Pappdeckel.

Alles hätte ich erwartet, aber nicht, dass sie Mutter ist. Ich weiß nicht einmal, warum ich das so abwegig finde; sie ist hübsch und viele Frauen in ihrem Alter werden schwanger. Ich weiß auch, dass sie immer Kinder wollte, aber ich dachte nicht, dass es so schnell gehen würde. Innerhalb von acht Jahren. Ich muss fast über die Ironie lachen.

„Schmeckt dir der Kaffee?", fragt Paula mich. Sie sieht ein bisschen unschlüssig aus, als wüsste sie nicht, ob sie das richtige sagt.

„Ich habe viel Milch und Zucker reingetan. Normalerweise trinke ich meinen Kaffee schwarz", antworte ich. Ich löse meine Hände von dem Becher und lehne mich in dem Holzstuhl zurück.

„Ich weiß das sogar noch", sagt Paula.

Es ist ein bisschen wie damals in der Grundschule, in der wir uns am ersten Tag angefreundet haben. Damals saß sie mir auch gegenüber und hat mir einen ihrer Buntstifte geliehen. Hautfarbe. Wir sollten ein Bild von uns malen und ich hatte angefangen, mein Gesicht mit rosa auszumalen.

„Du kannst meine Hautfarbe haben", waren Paulas erste Worte an mich gewesen. Dankbar hatte ich den Stift entgegengenommen, ein rosafarbenes Gesicht hätte blöd ausgesehen. Als wäre ich angestrengt oder fieberkrank. Ich wollte sofort Paulas Freundin sein. Jetzt ist es wieder so.

„Du hast immer Kirschtee getrunken", sage ich, weil ich mich daran noch gut erinnern kann.

Paula grinst. Ihr ist eine Strähne ins Gesicht gefallen, die sie schnell wegstreicht. „Den trinke ich immer noch."

Ich würde ihr gerne erzählen, was in mir vorgeht, welche Bilder ich im Kopf habe, warum mir meine Brust wehtut. Dass ich an eine Zeit denke, die die schlimmste in meinem Leben war und dass diese Zeit jetzt fast genauso scheiße ist. Vierter November 2018. 12:47 Uhr. 3003 Kilogramm. Ein Junge.

„Glaubst du, dass Rafa sich verändert hat?", fragt Paula mich.

Ich brauche einen Augenblick, um die Daten los- und auf den Boden fallenzulassen. Es fühlt sich an, als würde ein Luftzug um meinen Nacken streichen. „Ich glaube schon. Hast du die Fotos von seinen Werbekampagnen noch nicht gesehen?"

Paula zieht die Augenbrauen zusammen. „Nein."

„Er ist Model. Ich folge ihm ja auf Instagram, aber ich habe ihn auch schon ab und zu in einer Zeitschrift gesehen", sage ich und merke, dass sie das aus irgendeinem Grund trifft. Vielleicht trifft es sie, weil sie es komisch findet, nicht zu wissen, was aus ihm geworden ist.

„Ich habe kein Instagram", sagt sie. Sie hat es schon einmal gesagt. Am Telefon, als ich sie gefragt habe, ob sie mit nach Innsbruck kommen würde.

„Möchtest du sie sehen?", frage ich sie und hole mein Handy aus der Tasche.

Sie nickt.

Ich entsperre den Bildschirm, öffne Instagram und gebe Rafas Namen in die Suchleiste ein. Dann wähle ich das erste Bild aus. „Du kannst einfach nach unten scrollen", erkläre ich ihr und drehe das Handy um. Ich kenne die Bilder schon.

Sie sieht sich zuerst das Bild an, auf dem er einen Anzug trägt. Ich beobachte sie, wie sie näher an den Bildschirm herangeht, um alles genau sehen zu können, wie sie die Stirn in Falten legt und mit ihren Augen jeden Millimeter des Fotos abscannt. Sie verliert sich, vergisst, dass sie im Bordbistro des ICE mit mir sitzt. Lange scrollt sie durch seinen Feed, mal zoomt sie sein Gesicht heran, mal die Gesichter der Personen, mit denen er abgelichtet ist.

„Krass", sagt sie und dreht das Handy wieder zu mir. Sie schaut aus dem Fenster und sieht verletzlich aus. Jung. Wie damals. Nur weniger sommersprossig. Eine Porzellanpuppe, die beinahe zerbricht. „Vielleicht ganz gut, dass ich so etwas nicht habe." Sie meint Instagram, aber es klingt wie ein: Vielleicht ganz gut, dass ich Rafa seit Ewigkeiten nicht mehr gesehen habe. Ich bin mir nicht sicher, ob sie nicht denkt:

Vielleicht ganz gut, dass ich euch alle in einem anderen Leben gelassen habe.

Ich packe mein Handy wieder ein und nehme einen Schluck aus dem Becher. Paula kämpft noch mit Rafa, mit dem, was von ihm übrig geblieben ist. Für sie.

„Bist du vergeben?", fragt sie mich, als wäre ihr der Gedanke einfach so in den Sinn gekommen, während sie den Bäumen an der Strecke beim Vorbeirauschen zugesehen hat.

„Nein." Ich könnte Tom erwähnen, aber er ist keine Erwähnung wert. Moritz wäre es, aber ich bin es nicht wert, von ihm zu erzählen. „Gehen wir zurück zu David?"

2020
David

Als Marta aufsteht, um sich im Bordrestaurant einen Kaffee zu holen, weiß ich, dass sie es nie verkraften wird. In hundert Jahren nicht. Sie wird es so wenig verkraften, wie eine Vase, wenn sie zerschellt, nie wieder ganz aussehen wird. Paula ist im ersten Augenblick unsicher, ob sie Marta folgen soll; je nachdem, wie sie guckt, habe ich das Gefühl, dass sie Angst vor ihr hat. Nicht unbedingt davor, dass Marta sie anfallen könnte wie ein wildes Tier, eher davor, zurückgewiesen zu werden. Als sie ihr folgt, habe ich Marta vor Augen. Marta, wie sie in dem Krankenhausbett in Schwabing liegt, ich war seit einer halben Stunde da und sie hatte mich noch kein einziges Mal angesehen. Sie hatte gar nicht bemerkt, dass ich den Raum betreten hatte, obwohl sie zur Tür sah. Sie hatte nicht gemerkt, dass ich mich an ihr Bett gesetzt, Blumen auf den Nachttisch gelegt hatte. Sie war leichenblass, ihr Blick so starr auf die Wand gerichtet, dass ich glaubte, sie wäre tot. An diesem Tag ist sie ihren ersten Tod gestorben; der letztendliche wird in ein paar Jahrzehnten nicht annähernd so schmerzlich sein wie dieser. Ihre Hände lagen auf der Bettdecke, aber sie lagen da so, wie eine Krankenpflegerin sie drapiert hatte. Die Bettdecke hatte keine einzige Falte. Marta musste seit Stunden so dagelegen haben. Drei Stunden saß ich an ihrem Bett und sah sie an. Ich saß auf der Fensterseite und konnte ihr Gesicht nicht sehen, nur die rechte Hälfte, die zum Teil von ihren dicken Locken verdeckt war. Ich war froh drum. Es gibt ein Leid, das so schmerzhaft ist, dass man es nicht einmal erträgt, wenn man es nur sieht.

Letztendlich bin ich gegangen, ohne von ihr gesehen worden zu sein. Ich habe sie nicht angefasst, weil ich glaubte, dass sie in einem Zustand war, in dem sie ihr Schicksal ertrug und ich wollte sie nicht zurück in die Realität zerren. Als ich am nächsten Tag wiederkam, lag sie genauso da, nur hatte sie den Blick nicht in Richtung der Tür gerichtet, sondern zu den Fenstern. Eine Träne war auf ihrer Wange getrocknet. Ich saß dieses Mal eineinhalb Stunden bei ihr. Sie sah mich wieder nicht.

Eine Woche später rief sie mich an. Sie würde zurück nach Berlin fahren, ob ich sie zum Bahnhof fahren könnte. Sie war noch nicht entlassen, aber ich fuhr sie. Dann sah ich sie ein Jahr nicht. Ich hörte nichts von ihr. Wenn ich sie anrief, ging sie nicht ran. Sie rief auch nicht zurück. Sie beantwortete meine Nachrichten nicht. Einen Tag vor Silvester schrieb sie mir. Dass es ihr leid tat, dass sie mir für meine Unterstützung dankte. Mehr nicht, aber es musste auch nicht mehr sein. Seither war sie nie wieder die alte Marta.

Marta und Paula kommen ohne Kaffeebecher zurück und setzen sich so, wie sie vorhin gesessen hatten.

„Wo sind wir?", fragt Paula mich und schaut aus dem Fenster.

„Garmisch." Ich versichere mich mit einem Blick nach draußen. Für einen kurzen Augenblick glaube ich, dass Marta ihr von der Geschichte erzählt hat, aber als ich Martas Gesicht sehe, bin ich mir sicher, dass sie es nicht erzählen wird. Es hätte für sie keinen härteren Schlag geben können, als dass Paula Mutter ist. So sehr sie ihr es gönnt.

„Wie war der Kaffee?", frage ich Marta.

Sie zuckt mit den Achseln. „Nicht der Beste, nicht der Schlechteste." Sie versucht zu lächeln, aber schafft es nicht einmal im Ansatz. Ich bin mir gar nicht sicher, ob sie es wirklich versucht hat. Ihr Gesicht ist steif, ihre Haut reißt, wenn sie zu viel Regung in ihr Züge legt.

Paula schaut auf ihr Handy, tippt auf den Bildschirm, packt es ein und sieht hinaus. Sie ist in Gedanken, zwischen ihren Augenbrauen hat sich eine Falte gebildet. Sie denkt an ihr Kind, vermisst es vielleicht schon, denkt an den Vater ihres Kindes und an Rafa. Es kann sein, dass sie überlegt, wie es wäre, wenn Rafa der Vater ihres Kindes wäre; es kann sein, dass sie an etwas komplett anderes denkt.

Gestern Abend habe ich ein altes Fotoalbum aus dem Keller geholt. Auf einem Foto waren Rafa und Paula zu einer Zeit, in der sie noch ein Paar waren. Wir waren im Zillertal Skifahren gewesen, beide trugen sie Skiklamotten, Rafa eine pinke Mütze. Sie stand ihm gut zu seiner dunklen Haut. Paula hatte eine Sonnenbrille auf und lachte in die Kamera. Rafa sah sie an, als würde er nichts anderes wahrnehmen als seine Freundin. Die Sonne hatte geschienen. Überhaupt habe ich auch heute noch Erinnerungen an diesen Tag. Wir hatten versucht, Ben das Skifahren beizubringen.

Ben. Er könnte genauso gut durch die Türe des Abteils hereinkommen, durch den Gang schlendern und uns suchen. Er würde die Augenbrauen leicht zusammenziehen, hätte eine Zigarette entweder hinter dem Ohr oder in der Hand. Wenn er mich hier sitzen sähe, würde sich sein Gesicht erhellen, er würde sich seine Haare aus der Stirn streichen und sich auf den Sitz mir gegenüberschmeißen. Er hätte eine helle Bootcutjeans an und ein dunkelgraues Sweatshirt. Ich weiß genau, welches. Er würde den Kopf an den Sitz lehnen und hinausschauen. Dann würde er zu mir sehen und mich einfach nur ansehen. Das hat er oft gemacht, jemanden angesehen, einfach so. Ohne Grund.

„Kennt ihr euch in Innsbruck aus?", fragt Marta und überschlägt die Beine.

„Ich war schon ein paar Mal da", sagt Paula.

„Ja, ich auch. Aber die Adresse sagt mir nichts." Ich zucke mit den Schultern.

„Das soll wohl ganz in der Nähe des Goldenen Dacherls sein. In der Fußgängerzone", sagt Marta.

„Ich habe ein mulmiges Gefühl", sagt Paula und verzieht den Mund.

„Ich auch", sage ich und lächele sie an.

Marta sieht an mir vorbei aus dem Fenster. Sie auch. Wir alle. Es wäre auch seltsam, wenn nicht. Ich fände es schlimmer, wenn wir total locker wären. Zum letzten Mal zusammen haben wir uns bei Rafas Unfall gesehen. Danach war alles anders. Schlagartig. Von jetzt auf gleich. Das hätte ich nie erwartet und hätte ich gewusst, dass es so sein würde, hätte ich vieles daran gesetzt, um es zu verhindern. Und doch hätte ich es verändern können, aber ich habe es nicht getan. Ich hätte mich melden können, Paula hätte sich melden können. Marta. Rafa. Sogar Ben. Jetzt sitzen wir hier im Zug. Auf dem Weg zu Rafa. Vielleicht ist das eine Art Wiedergutmachung.

2010

Zehn Minuten von Sendling entfernt gab es ein Freibad. Es war eingezäunt, aber an der nördlichen Seite des Zauns gab es ein Loch, das mit Holzplatten zugedeckt war, damit niemand hindurchkam. Anfang Oktober fuhren David, Marta, Paula, Rafa und Ben mit dem Fahrrad und kamen an diesem Zaun vorbei. Ben war vorgefahren und hielt auf dem Waldweg an. Sie hatten ein bisschen was getrunken. Nicht viel, aber schon so, dass sie es merkten.

„Seid ihr schon mal nachts in ein Freibad eingebrochen?", fragte Ben, ließ sein Rad achtlos fallen und lief zu den Holzplatten. Ein paar Schrauben waren gelöst und er hatte es nicht schwer, die Platten zur Seite zu heben.

„Es ist abends", sagte Marta unbeeindruckt.

Rafa und David stiegen von ihren Rädern, aber anders als Ben machten sie die Ständer hinunter und stellten sie ordentlich ab. Zu dritt inspizierten sie das Loch.

„Lasst uns mal reingehen", sagte Ben mit geheimnisvoller Stimme.

„Das gibt Ärger, wenn wir erwischt werden", sagte Rafa und sah von Ben zu David.

„Wer soll sich denn um diese Zeit für dieses alte Bad interessieren?", sagte David und grinste frech. Er war für solche Aktionen zu haben. Generell war er jemand, mit dem man Pferde stehlen konnte. Das wusste Ben. Er wusste, dass er David damit triggerte. „Was ist Mädels?", fragte er Marta und Paula.

Marta verdrehte die Augen, während Paula abstieg und zu ihnen hinüberkam. Sie legte Rafa eine Hand auf den Rücken und streichelte ihn. „Ich weiß nicht. Aufregend wäre es bestimmt schon."

Rafa grinste sie an und küsste sie auf die Wange. „Marta, was ist mit dir?"

Sie krabbelten nacheinander durch das Loch. David und Ben drückten den Draht so weit auseinander, dass sie sich nicht verletzten. Es dämmerte. Sobald sie das Gelände betreten hatten, flüsterten sie. Sie hatten ihre Fahrräder in die Büsche gelegt, sodass man sie nicht sofort entdeckte und jetzt fühlten sie sich unterwegs auf geheimer Mission. Es lag eine seltsame Atmosphäre über dem Schwimmbad; der Tag war warm gewesen. Es fehlte das Grillenzirpen, das sie vom Sommer kannten. Es fehlte der Geruch nach Chlor.

Ben steuerte die Sprungtürme an; Marta verdrehte ein zweites Mal die Augen, als die Jungs vorschlugen, hinaufzuklettern. Trotzdem zog sie mit. Sie setzten sich auf das Sprungbrett, mit dem Rücken an das Geländer. Rafa legte seinen Arm um Paula, Marta zündete sich eine Zigarette an. Eine ganze Weile sagten sie nichts und genossen die Ruhe, das Verbotene, das sich schön anfühlte. Als würde man noch lange an diesen Augenblick denken.

Ben stand plötzlich auf und ging vor bis zum Rande des Sprungbretts. „Da ist sogar noch Wasser drin", sagte er und deutete nach unten.

„Regenwasser", sagte Rafa. „Die haben das hier doch alles leergemacht nach der Saison."

Ben nickte, schaute aber weiterhin nach unten. Die Sonne war untergegangen, der Mond warf ein gedimmtes Licht zu ihnen hinunter. Er war wie ein Scheinwerfer, der nicht auf voller Stufe leuchtete.

„Meint ihr, das Wasser reicht?", fragte Ben. Er hatte seine Hände in die Hosentaschen gesteckt und stand für Paulas Geschmack zu nah am Rand. Marta und sie hatten schon wieder einen besorgten Blick getauscht. Am liebsten wollte Paula Rafa zuflüstern, dass er ihn vom Rand wegholen sollte.

„Für was?", wollte David wissen.

„Na, zum Springen", sagte Ben.

„Wenn du den Rest deines Lebens im Rollstuhl verbringen willst, dann spring", sagte Marta.

Ben sah sie an, als hätte sie ein nachvollziehbares Argument genannt; er nickte sogar. Sein Haar sah heller aus in dem Licht und in der Dunkelheit. Er verzog den Mund, als würde er versuchen wollen, mit seinen Blicken abzuschätzen, ob das Wasser reichte. „Macht jemand mit?", fragte Ben, dann grinste er breit. Er wusste, dass niemand zustimmen würde, dass sie alle zu sehr an ihrem Leben hingen, um es auf diese fahrlässige Art und Weise zu gefährden.

„Hör auf mit dem Scheiß und setz dich wieder", sagte Rafa. Er klang streng und Ben hob die Augenbrauen.

„Ich habe doch nur gefragt", sagte er. Dann knöpfte er sein Hemd auf, mit einer Hand.

„Der macht das. Mach irgendwas", flüsterte Paula Rafa zu. David hörte das und sagte: „Wenn du da drin verreckst, hauen wir ohne dich ab."

Ben lachte. Er streifte sich das Hemd von den Armen und öffnete den Gürtel seiner Jeans. Den Reißverschluss. In Unterhose stand er jetzt am Rande des Bretts.

„Lass es", sagte Marta und ihr Ton klang warnend.

Ben aber stellte sich so, dass der Abgrund in seinem Rücken war. Er strahlte von einem Ohr bis zum anderen. Heller als der Mond. Wahrscheinlich sogar heller als die Sonne. Dann breitete er die Arme aus. Ließ sich nach hinten fallen. Für einen Augenblick hatte Paula das Bild von Jesus Christus vor Augen, wie er an das Kreuz genagelt war. Hoffnungslos verloren.

Als er aus dem Sichtfeld verschwand, hielten sie die Luft an. Ben fiel eine Ewigkeit, fiel jahrelang. Durch Raum und Zeit. Bis er auf der Wasseroberfläche aufschlug, wagte keiner zu atmen. Dann sprangen sie auf, hielten sich am Geländer fest und versuchten in der Dunkelheit das Becken zu erkennen, ihn zu erkennen. Sie hörten, dass sich im Wasser etwas regte, sahen wie sich kleine Wellen ausbreiteten. Dann hörten sie Bens Jubelschrei.

Vor Erleichterung liefen Paula die Tränen aus den Augen. Rafa und David warfen sich einen Blick zu, Marta ging über das Sprungbrett zur Treppe, stieg sie hinunter. Ben kletterte gerade aus dem Becken. Sie wartete nicht einmal, bis er aus dem Wasser war. Dann holte sie aus und schlug ihm ins Gesicht.

„Mach so etwas nie wieder", sagte sie. Es war das erste Mal, dass Ben ein Zittern in ihrer Stimme hörte. Es war das erste Mal, dass Marta sich nicht unter Kontrolle hatte. Sie schubste ihn zurück ins Wasser, überquerte das Gelände und kroch durch das Loch im Zaun zurück in den Wald.

2020
Paula

Rafa steht am Bahngleis. In einem dunklen Mantel, einem hellen Rollkragenpullover und einer noch helleren Chino-Hose. Er trägt dunkelbraune Timberlands, die ich in der Backsteinmauer, die vom Asphalt zu seinem Hals gebaut ist, kaum erkenne. Bevor er uns sieht, ist sein Blick unruhig, er schaut den ganzen Zug entlang. Ich möchte weiterfahren, die Berge hinauf und auf der anderen Seite wieder herunter. Nur weit weg.

David und Rafa begrüßen sich zuerst. Dann Marta und er. Wie Vögel umflattern sie sich und setzen sich nicht nieder. Sie schlagen mit den Flügeln, berühren damit meine Schulter, sie drehen die Köpfe so, dass ihre Schnabel sie nicht gegenseitig verletzen. Und dann stehen Rafa und ich voreinander. Er hat, auch als er David und Marta begrüßt hat, immer schon zu mir gesehen. Jetzt fühle ich mich unter seinem Blick nackt. Er liest die letzten acht Jahre aus meinem Gesicht heraus. Jede verfluchte Sommersprosse holt ein Ereignis aus dem Rucksack und legt es ihm zu Füßen.

Ich lasse mich von ihm umarmen, starr wie ein Eisblock, und halte die Luft an, um seinen gewohnten Geruch nicht einzuatmen. Er wird nach weit entfernten Träumen und einem anderen Leben riechen. Es könnte ein Geruch sein, der mich in die Knie zwingt. Sobald ich mich von Rafa gelöst habe, denke ich an Robert.

„Hattet ihr eine gute Fahrt?", fragt er und wendet sich extra nicht an mich.

Ich stelle mich neben Marta, zurück in die Reihe, in der ich im Schutz stehe. Als ich Rafa umarmt habe, stand ich alleine auf einem freien Feld unter einem Kanonenregen. Sie sieht zu mir, aber ich versuche sehr interessiert an der Architektur des Bahnhofs zu sein.

„Man sieht viel, wenn man diese Strecke fährt", antwortet David und legt sein Lächeln auf. Er ist mindestens genauso berühmt dafür wie Rafa. Als Rafa es erwidert, gucke ich weg.

„Es dauert zu Fuß ungefähr zehn Minuten von hier zu meiner Wohnung. Ist das okay oder soll ich uns ein Taxi rufen?", fragt Rafa.

Als sein Blick mich trifft, zwinge ich mich, nicht hörbar laut einzuatmen.

„Mich stört es nicht", sagt Marta für uns beide.

Wir verlassen den Bahnhof über den Südtiroler Platz, gehen auf die Hertz-Autovermietung zu in Richtung Brixner

Straße. Marta und ich gehen hinter David und Rafa her. Wenn man genau hinsieht, erkennt man, dass Rafa das linke Bein nachzieht. Zwischendurch gucke ich zu Marta, die sich eine Zigarette angezündet hat. Rafa hatte angeboten, ihre Tasche zu tragen, aber Marta hat ihn nur angegrinst. Dann bot er mir an meinen Koffer zu ziehen, aber ich habe gesagt, dass es schon okay ist.

Er hat ein breites Kreuz, breiter als früher. Er hat seine Haare kürzer. Es sind winzige, weiche Locken. Ich hatte das kleine Muttermal unterhalb seines rechten Auges auf der Höhe seiner Nase vergessen. Wie konnte ich das vergessen.

Rafa führt uns über die Meinhardstraße, die Museumsstraße, durch den Burggraben. Ich habe das Gefühl, noch nie hier gewesen zu sein, dabei sehe ich Robert und Noah vor dem Schaufenster der Wagner'schen stehen. Noahs winzige Hände patschten gegen die Scheibe, Robert war neben ihm in die Hocke gegangen und sie hatten sich das Stofftier des Grüffelo angesehen, dass Noah auch zuhause hat. Es war das Geschenk meines Bruders gewesen.

Auf der Hälfte der Herzog-Friedrich-Straße bleibt Rafa vor einem Altstadthaus stehen. Zu dem Haus gehört eine spitzbogige Laube und ein Erker. Ich kenne das Haus, bin in den letzten Jahren mehrmals daran vorbeigelaufen und hätte jeden hier als Bewohner vermutet, aber nicht Rafa. Ich weiß, dass das Haus einen Treppengiebel hat und einen dunkelgelben Anstrich.

Rafa bekommt den Schlüssel nicht sofort in das Schlüsselloch, als sträubte sich das Haus, uns als Gäste aufzunehmen. Vielleicht Rafas Unterbewusstsein; das wäre zumindest Freuds Erklärung dafür. Als er die Türe aufbekommt, lässt er David, Marta und mich vorgehen. In dem Eingang ist es kalt, die Treppe ist alt und aus Stein. Rafa deutet auf die Treppe und geht zwischen David und Marta hinauf zu seiner Wohnung. Die Wohnungstür ist kunstvoll, er schließt auf und geht vor. Er stellt sich in den Rahmen der ersten Tür, die vom Flur abgeht und nimmt uns das Gepäck ab. Wir ziehen unsere Jacken und Schuhe aus, dann deutet er auf die Tür, in der er steht. Sie führt in ein Wohnzimmer, in dem eine Couch, eine Vitrine, eine Kommode und ein Klavier steht. Auf der Kommode steht ein grüner Kaktus, es gibt keine Bilder, keine großartige Dekoration. An der Wand neben der Kommode lehnt eine aufgeblasene dunkelblaue Luftmatratze, wie ich sie vom Zelten kenne.

„Spielst du noch Klavier?", fragt David. Er geht durch das Zimmer, am Sofatisch vorbei und setzt sich auf die Couch.

„Setzt euch", sagt Rafa zu Marta und mir.

Ich setze mich zwischen David und Marta. In der Vitrine ganz oben liegt ein Stapel Bücher.

„Ich spiele noch, ja. Das Klavier ist von meinen Eltern." Rafa sieht zum Klavier hinüber, lächelt und nickt David zu. „Ich habe unten beim Italiener einen Tisch reserviert für in einer halben Stunde. Habt ihr Lust?"

„Ja, klar." David wartet nicht auf unsere Antwort.

„Cool. Zu der Schlafsituation später", er deutet auf die Matratze. „Ich dachte, die Mädels schlafen im Schlafzimmer, David, du kannst die Couch nehmen."

„Ich kann auch auf der Matratze schlafen, wie du willst", sagt David.

„Soll ich euch eben den Rest der Wohnung zeigen?", fragt Rafa.

Er führt uns herum. Neben dem Wohnzimmer liegt die Küche, gegenüber der Wohnungstüre das Badezimmer. Links vom Flur gehen zwei Räume ab, das Schlafzimmer und ein Abstellraum. Die Wohnung ist gut geschnitten; sicher ist sie teuer, obwohl sie nicht groß ist. Wie Rafa durch die Räume wandelt, kommt es mir vor, als wäre er selbst nur zu Besuch. Er betrachtet sie wie ein potentieller Mieter, wie jemand, der überlegt, hier einzuziehen. Im Schlafzimmer streicht er über die rechte Wand des Kleiderschrankes, als hätte er einen Fleck bemerkt, den er wegwischen wollte. „Wollt ihr euch noch frischmachen?", fragt er, als wir wieder im Wohnzimmer ankommen.

„Ich müsste einmal ins Bad", sagt Marta.

„In Ordnung. Dann fühlt euch wie Zuhause." Rafa lächelt und als er mich anlächelt, stolpert mein Herz. Es ist eine Floskel, die häufig, wenn man sie sagt, nicht floskelhaft gemeint ist. Ich kann nur hoffen, dass Marta sich beeilt. Mit David alleine an meiner Seite fühle ich mich Rafa gegenüber ausgeliefert.

2020
David

Während Marta im Bad ist, ist Rafa in der Küche und er kommt mit vier Gläsern und zwei Wasserflaschen wieder. Er stellt sie auf den Couchtisch und dreht die Gläser um. „Bedient euch", sagt er. Er setzt sich auf die Couch.

Paula ist bemüht, auf die Gläser zu schauen. Sie ist blass, seit wir aus dem Zug gestiegen sind. Auch die kühlen Temperaturen konnten ihrem Gesicht die Farbe nicht zurückgeben. Ihre Hände liegen gefaltet in ihrem Schoß, sie sitzt gerade auf der Couch, hat die Beine nicht überschlagen, sondern nebeneinander gestellt.

Rafa sieht zu ihr, sieht sie fünf Sekunden lang an, nimmt dann eine Wasserflasche und füllt sein Glas. Er trinkt einen Schluck, dann lauschen wir dem Wasserhahn aus dem Badezimmer. Marta öffnet die Tür, kommt zurück ins Wohnzimmer. „Willst du was trinken?", fragt Rafa sie.

„Nein, gerade nicht. Danke."

Ihr Gesicht sieht feucht aus. Ich schätze, sie hat sich Wasser ins Gesicht geworfen. Sie reibt die Hände aneinander und setzt sich neben mich.

„Wohnen deine Eltern noch in München?", fragt Marta Rafa.

Rafa sieht sie konzentriert an. „Sie sind zurück nach Amerika gegangen. Meine Oma ist dement geworden und meine Mutter hat in der Gemeinde einen Job bekommen."

„Und deine Schwester?", frage ich.

„Sie wohnt in London. Wir sehen uns ab und zu; ich bin ja auch hin und wieder in England unterwegs", sagt Rafa.

„Wie oft bist du hier in Innsbruck?" Marta fährt sich mit der Hand durch die Locken.

Rafa grinst. „Merkt man, dass ich nicht häufig hier bin?"

Marta hebt die Schultern.

„Ich bin tatsächlich nicht oft hier", sagt er ernst.

Einen Moment herrscht Stille. Ich höre eine Uhr, kann aber nicht ausmachen, wo sie hängt. „Mir gefällt die Wohnung", sage ich.

„Ja, mir auch. Sie liegt zentral. Seid ihr ab und zu in Innsbruck?", fragt Rafa.

Paula sieht auf, als wäre das eine Frage, auf die auch sie eine Antwort geben kann. „Schon, ja."

Es ist das erste, was sie miteinander sprechen. Seit acht Jahren. Es ist eher so, als wäre das das erste, was sie überhaupt in ihrem Leben miteinander gesprochen haben.

Nichts deutet darauf hin, dass Rafa und Paula einmal eine intime Beziehung geführt haben. Das Paar, das ich in Erinnerung habe, könnte jeder sein, aber nicht die beiden. Die Vertrautheit ist weg, komplett ausgelöscht, als wären sie beide dagegen geimpft worden. Paula ist ständig darum bemüht, Rafa nicht anzusehen; er ist ständig darum bemüht, Blickkontakt zu ihr aufzunehmen. Welche Macht haben acht Jahre, welche Macht haben Entscheidungen.

„So langsam können wir eigentlich los. Der Italiener hat ein schönes Ambiente und der Tisch ist sicher schon frei." Rafa wirft einen Blick auf seine Armbanduhr.

Im Flur sind wir eng beieinander, als wir unsere Jacken und Schuhe anziehen. Marta öffnet die Wohnungstür und steht im Treppenhaus. Rafa schließt hinter uns ab.

Der Italiener ist tatsächlich gleich nebenan. Im Nachbarhaus, ganz unten im Erdgeschoss. Durch den Steinbogen vor dem Haus liegt der Eingang im Dunkeln. Rafa hält uns die Türe auf. Der Kellner, der am Eingang steht, scheint ihn zu kennen. Sie begrüßen sich wie alte Freunde mit einer lockeren Umarmung und der Kellner zeigt auf einen Tisch an der Wand. Wir gehen durch das Restaurant und setzen uns um den Tisch herum. Der Kellner folgt uns mit vier Speisekarten.

„Wollt ihr alle ein Bier?", fragt Rafa. Als wir zustimmend nicken, bestellt er vier Bier.

Wir flüchten uns in die Speisekarten, verstecken uns hinter den Seiten, auf denen Pasta, Pizza, Fleisch- und Fischgerichte aufgelistet sind. Ganz vorne liegt eine Tageskarte, die die erste Deckung bietet. Rafa sitzt mir gegenüber und unsere Blicke streifen sich, als wir die Karten zuschlagen.

„Was nimmst du?", frage ich ihn.

„Risotto. Und du?" Er legt die Karte auf den Tisch und berührt sie an der unteren Kante.

„Pizza Funghi", sage ich.

„Hätte ich mir denken können", sagt Rafa lächelnd. Seine Augen sind vertraut. Ich erkenne ihn immer mehr.

Als alle gewählt haben, geben wir die Karten ab und haben keinen Schutzschild mehr. Paula legt ihr Handy auf den Tisch, mit dem Display nach oben. Es könnte sein, dass sich ihr Freund meldet, weil etwas mit Noah ist oder dass ihr Sohn sie vermisst. Marta taxiert das Handy kurz, dann zieht sie die Stirn kraus und lehnt sich im Stuhl zurück.

„Du wohnst in Berlin?" Rafas Frage kommt aus dem Nichts und tippt Marta einmal auf die Schulter.

„Ja, Kreuzberg", sagt Marta. Sie ist mit ihrer Wohnung nicht zufrieden. Sie ist mit Berlin und ihrem Leben nicht zufrieden. Ich höre das aus ihrer kurzen Antwort heraus; ich weiß nicht, wie es den anderen geht.

„Ich war letzten Monat in Berlin. Kennst du den Spanier in den Hackeschen Höfen?", fragt Rafa sie. „Die haben die beste Aioli der Welt."

„Den kenne ich nicht", sagt Marta. Sie lächelt ihn an, als würde sie ihm dankbar für diesen kulinarischen Tipp sein.

Der Kellner bringt die Getränke und nimmt die Essens-
bestellung auf. Als er weg ist, hebe ich mein Glas. „Worauf
stoßen wir an?", frage ich sie.

„Darauf, dass wir uns mal wiedersehen", schlägt Rafa vor.
Wir sind einverstanden und unsere Gläser klirren aneinan-
ander. Paula trinkt gleich mehrere Schlucke und ich lächele
sie an, als sie das Glas absetzt.

„Und du, Paula? Wohnst du noch in München?", fragt
Rafa sie.

Marta und ich tauschen einen Blick. Paula nickt ihrem Glas
zu. „Ja, ich bin nur drei Straßen weitergezogen."

„Wohnst du noch in Sendling?", fragt er.

„Ja. Meine Eltern sind aber umgezogen", sagt sie.

Er lässt sie nicht aus den Augen.

2020
Rafa

Mit jeder Frage habe ich das Gefühl, Paula zu nahe zu treten. Ich glaube, sie ist nur hier, um David und Marta einen Gefallen zu tun. David fragt mich nach meiner Arbeit. Ich erzähle ihm von den Orten, an denen ich schon war, von den Shows, die ich für diverse Designer gelaufen bin. Zum Teil namenlose, aufstrebende, zum Teil namenhafte Koryphäen. Wir unterhalten uns darüber, ob uns Mailand oder Barcelona besser gefällt und David erzählt uns von einem Trip nach Barcelona, den er spontan mit einem Freund gemacht hat. Sie sind mittags losgefahren in Davids altem Ford Capri, den er mittlerweile nicht mehr hat; in Luxembourg hatten sie den ersten Stau, kurz vor Lyon waren sie so nah an der Unfall-stelle, dass sie nicht mehr abfahren konnten. Die Sonne ging mittlerweile unter, die Leute stiegen aus ihren Autos aus. Eine Gruppe Jugendlicher baute einen Grill auf, legte Würstchen auf das Rost. Eine Familie mit Wohnwagen durfte ihre Würstchen mitgrillen. Zwei Autos vor Davids Ford setzte sich ein junges französisches Pärchen in den Kofferraum ihres grauen Peugeot 206+ und der Typ holte eine Gitarre heraus. David beschreibt sein Äußeres; seine langen Haare, die er sich, bevor er anfing zu spielen, hinter die Ohren strich. Er trug ein buntes T-Shirt und Flipflops. Seine Freundin hatte ihre Haare zu einem Dutt hochgesteckt und rauchte einen Joint.

Nach zwei Liedern hatte David das Pärchen angesprochen. Er hieß Thibault, sie Aurelie. Sie kamen aus Nancy und wollten Thibaults Familie in Lyon besuchen. Davids Kumpel, mit dem er unterwegs war, wünschte sich einen Song von den Beatles. Es hatten sich mehrere Leute um den Peugeot versammelt, Thibaults Gesang und seine Gitarre waren lauter als die drei Spuren der Autobahn, die in die entgegengesetzte Richtung führten und auf denen der Verkehr floss. *Let It Be* sang er, als die Sonne unterging. Diese Geschichte ist der Grund dafür, weshalb Barcelona für David vorne liegt.

David zeigt uns Fotos von seinen Reisen; er ist letztes Jahr für zwei Monate durch Südamerika gereist. Bolivien war sein Favorit; er hatte mehrere Nächte fernab der Zivilisation in einem Dschungel gelebt.

Marta und Paula erzählen nichts, obwohl David und ich versuchen, sie aus der Reserve zu locken. Also erzähle ich ihnen, dass ich letztens, auf dem Weg vom Flughafen nach

Hause, am Subway am Innrain vorbeigelaufen bin und gefragt habe, ob sie jemanden als Aushilfe suchen.

Ich grinse in die Runde, denke aber tatsächlich daran, alles hinzuschmeißen und so einen Job anzufangen. Einen Job, bei dem ich im echten Kontakt mit Menschen bin.

„Was machst du denn beruflich, Paula?", frage ich sie, es soll ein letzter Versuch sein.

„Ich bin Lehrerin. Deutsch und Geschichte", sagt sie und es ist das erste Mal, dass sie meinem Blick standhält. „Seit den Sommerferien bin ich Klassenlehrerin einer fünften Klasse."

„Cool, hören die Kinder auf dich?" Ein Schritt weiter, ein Necken. Ich bin gespannt, wie sie reagiert.

Paulas Mund umspielt ein Grinsen. „Manchmal."

Ich lache sie an und sie sieht weder ihr Bierglas, noch ihre Nudeln an, die mittlerweile vor ihr stehen.

Nach dem Essen geht Marta vor die Tür, um eine Zigarette zu rauchen und David geht auf die Toilette. Zuerst sagen wir nichts, dann legt Paula den Kopf schief. „Ich war froh, dass du nicht auf Bens Beerdigung gewesen bist."

Ich hebe die Augenbrauen, weiß zuerst nichts mit dieser Aussage anzufangen. Ob sie sie ernst oder ironisch meint. Sie beobachtet mich, dann hat sie selbst den Eindruck, dass sie das erklären muss. „Wenn du dagewesen wärst, wäre es noch endgültiger gewesen." Sie sieht traurig aus, als sie das sagt.

„Marta hat mir gesagt, was er uns hinterlassen hat", sage ich.

Sie nickt. „Kryptisch. Typisch Ben."

„Wir hätten ihn nicht retten können", sage ich, weil ich die Bestätigung von ihr haben will. Hätten wir nicht. Sie soll sagen, dass ich recht habe, aber Paula zuckt mit den Achseln. Wahrscheinlich denkt sie, dass man jeden retten kann. Sie stochert mit ihrer Gabel in ihren Nudeln herum, dann schaut sie über ihre Schulter, ob Marta wiederkommt. David ist vor ihr da.

„Will jemand die Peperoni?", fragt er, als er sich setzt.

Paula schüttelt den Kopf. „Marta bestimmt."

Marta nimmt die Peperoni, als sie reinkommt. Sie bringt die abendliche Kälte mit und den leichten Geruch nach Zigaretten. Ein bisschen Gewohnheit haben wir aufrecht erhalten können.

Paulas Handy klingelt und sie geht ran, während sie aufsteht. Sie nimmt im Rausgehen ihre Jacke mit, streift sie sich über, bevor sie das Restaurant verlässt.

„Ist es komisch für dich?", fragt Marta mich.

„Paula wiederzusehen?" Ich sehe sie an und sie nickt. „Ja."

„Sie hat ein Kind", sagt Marta.

Ich hebe automatisch die Augenbrauen. Paula hat ein Kind. Sofort denke ich *meine Paula*, aber das ist sie schon lange nicht mehr. „Ist sie verheiratet?"

„Nein." Marta schüttelt den Kopf.

„Wie alt?" Ich würde lügen, wenn ich sagen würde, dass es mich nicht trifft.

„Drei, oder?" David vergewissert sich bei Marta. „Ein Junge."

„Krass." Und damit meine ich: Was wir alles nicht voneinander wissen. Dass wir nicht einmal wissen, dass einer von uns ein Kind bekommen hat. Ich will wissen, wie ihr Kind heißt, wie es aussieht, mit welchem Mann sie es bekommen hat. Ich will Paula fragen, ob sie glücklich ist, ob sie sich das so vorgestellt hat, als sie damals von einer Familie geträumt hat.

2020
Marta

Jedes Mal, wenn Paula sich neben mir dreht, klingt es, als würde ich am Strand stehen. Ihre Decke hört sich wie das Rauschen des Meeres an, wie Wellen, die in regelmäßigen Abständen an das Ufer schlagen. Ich bin mir nicht sicher, ob sie schläft. Wenn sie schläft, dann unruhig.

Ich stelle mir vor, wie Rafa und David im Wohnzimmer liegen, wie das Licht aus der Fußgängerzone in den Raum fällt. Rafa hat bestimmt noch nie im Wohnzimmer geschlafen. Wahrscheinlich kann er die Nächte, die er in dieser Wohnung verbracht hat, an einer Hand abzählen.

Draußen unter dem Schlafzimmerfenster höre ich Gläserklirren, jemand trägt einen leeren Flaschenkasten von einem Ort zum anderen. Ich habe gar nicht aus dem Fenster geguckt; ich weiß nicht, wie der Hof aussieht, der hinter dem Haus liegt. Vielleicht ist das sogar einer der Kellner aus dem

Restaurant, in dem wir eben waren, der dort unten hin und her läuft.

Am liebsten würde ich Paula wecken, ihr sagen, dass ich mein Kind verkauft habe. Meine Seele. Von dem einzigen Mann, den ich je geliebt habe. Dass ich ihm, sobald ich bemerkt habe, schwanger zu sein, aus dem Weg gegangen bin. Dass ich nach München gegangen bin, unter anderem zu David, damit er es nicht erfährt. Ich möchte sehen, wie Paulas Miene sich von Unglauben zu Verachtung wandelt, wie ihr alles aus dem Gesicht fällt. Es wäre ganz einfach, ihr das zu sagen.

Ich drehe mich auf den Rücken. Meine Decke klingt genauso wie ihre. Ich erkenne den Umriss der Lampe, aber ich könnte nicht sagen, wie sie im Hellen aussieht. Ich konzentriere mich und höre, dass Paula gleichmäßig und tief atmet. Sie schläft. Ich bin froh, dass sie neben mir liegt und nicht Tom.

Lange liege ich so da, bis ich die Decke zurückschlage, noch einmal zwei Minuten warte, vielleicht darauf, dass Paula sich regt, und mich dann aufsetze. Aus dieser Position heraus sieht das Schlafzimmer anders aus. Immer, wenn ich nachts im Bett sitze, habe ich das Gefühl, jemand kommt herein. Ich drehe mich zur Bettkante, stelle die nackten Füße auf das Laminat. Es ist wärmer als ich erwartet habe. Ich stehe auf, sehe Paula als Knäuel auf dem Bett liegen und tapse vorsichtig zur Tür. Die Scharniere quietschen, als ich sie aufziehe. Als ich die Türe hinter mir wieder schließe, bleibe ich einen Moment stehen und lausche auf eine Bewegung aus dem Wohnzimmer. Nichts. Ich schleiche weiter, auf den Zehen, zu meiner Jacke und hole aus der rechten Tasche meine Zigaretten. In der Küche schließe ich eine zweite Tür hinter mir; ich öffne das Fenster und stelle mich davor. Mit den ersten Zügen an der Zigarette kommt die Ruhe, die mich in Watte packt. Die sich anfühlt, wie ein dicker Pullover, den ich mir übergezogen habe.

Ich habe die Zigarette zur Hälfte geraucht, da geht die Küchentür auf. Rafa steht im Türrahmen, sieht mich mit zusammengekniffenen Augen an und kommt herein.

„Sorry, mir war nach einer Zigarette", sage ich, aber er winkt gleich ab.

„Du kannst auch hier drinnen rauchen. Das stört mich nicht." Er geht zur Arbeitsplatte, reißt ein Stück Alufolie ab und legt es mir als provisorischen Aschenbecher auf den Küchentisch.

„Danke." Ich schließe das Fenster hinter mir, setze mich an den Tisch.

Rafa holt ein Glas aus dem Schrank und füllt es mit Leitungswasser. „Willst du auch was?", fragt er.

Ich schüttele den Kopf und er kommt mit dem Glas in der Hand zum Tisch, setzt sich mir gegenüber. Er trägt ein weißes T-Shirt und eine Boxershorts. Das Weiß des Shirts lässt ihn in dem dämmrigen Licht dunkler wirken als er ist.

„Kannst du nicht schlafen?", fragt er mich.

„Nein. Mir gehen so viele Sachen durch den Kopf", gebe ich zu.

Er nickt. Es ist absolut leise im Haus, nur der Kühlschrank brummt manchmal. „Ich habe aufgehört zu rauchen", sagt Rafa als Gesprächsangebot.

„Ja? Ist es dir schwergefallen?" Ich merke, wie die Anspannung langsam nachlässt. Es ist immer noch Rafa, der mir gegenübersitzt.

„Schon." Er lächelt mich an und seine Zähne sind genauso weiß wie sein T-Shirt.

„Ich habe auch mal aufgehört", sage ich. „Obwohl nein", ich schüttele den Kopf, „ich habe eine Pause gemacht."

Er hebt die Augenbrauen, ein Zeichen dafür, dass er mehr hören möchte.

„Neun Monate lang", sage ich.

Sein Gesichtsausdruck verändert sich nicht, aber ich höre seine Gedanken. Er wagt es nicht zu fragen, ob ich auch ein Kind habe, so wie Paula.

„Hunderttausend Euro und ein glückliches Pärchen, das den Kinderwunsch längst aufgegeben hatte. Es war ihr Lebensziel, Eltern zu werden." Ich höre, was ich sage, aber ich merke nicht, dass ich etwas sage. Schon gar nicht diese Worte.

Rafa hebt noch einmal die Augenbrauen, dann nickt er leicht. „Wenn's deine Gene hat, ist es ein super Baby."

Ich lächele ihn an. „Danke." Ich schätze an ihm, dass er mir nicht zeigt, dass er mich verurteilt, dass er nicht wegläuft und mich beschimpft. Dass er mir ein gutes Gefühl geben will. Wir haben so viel zusammen durch, mehr als in fünf Leben passt. „Warum warst du nicht auf Bens Beerdigung?", frage ich ihn. Ich bin mir sicher, dass er auf diese Frage gewartet hat. Dass er fest damit gerechnet hat, dass einer von uns ihn das fragen würde.

„Ich konnte nicht", sagt er und lehnt sich im Stuhl nach vorne. Er faltet die Hände über dem Tisch und sieht mir in die Augen. „Den Unfall habe ich ihm verziehen, aber nicht, dass ich jetzt dieses Leben lebe."

Ich lege den Kopf schief. Es war sein Traum, zu den Gebirgsjägern zu gehen. Er wollte, seit er ein kleiner Junge war, zum Bund. Deutschland hatte ihm und seinen Eltern eine Heimat geschenkt, diesem Land wollte er danken. „Was haben Sie bei Subway gesagt? Suchen sie jemanden?"

Er lacht leise. „Weißt du, warum ich bei Subway gefragt habe?"

Ich schüttele den Kopf.

„Ich dachte, ich komme so an das Cookies-Rezept." Er grinst mich an und von irgendwoher aus meinem Körper kommt ein Lachen.

„Du siehst anders aus auf den Fotos in den Magazinen. Als würdest du hinter einer Glasscheibe stehen", sage ich zu ihm, ohne ihn verletzen zu wollen.

„Ich weiß", sagt er. „Was machst du momentan?"

„Ich arbeite in einem Dessousladen im *Alexa*." Bedeutungsvoll hebe ich die Augenbrauen.

„Dann arbeiten wir ja in derselben Branche." Rafa lehnt sich im Stuhl zurück. Er grinst.

„Schläft David?", frage ich ihn, ohne darauf einzugehen.

„Ja. Und Paula?", fragt er.

„Du magst sie immer noch sehr, oder?" Ich lege die Zigarette in die Alufolie und knülle das Papier zusammen.

Er zuckt mit den Achseln. „Hast du dir unser Wiedersehen so vorgestellt?"

„Nein." Ich schüttele den Kopf.

2020

Sie gehen zurück in ihre alten Leben. Gleich am nächsten Tag. David, Marta und Paula fahren gemeinsam zurück nach München, Marta nimmt einen späten Zug nach Berlin. Robert und Noah holen Paula vom Bahnhof ab, David fährt mit der U-Bahn. Anna und Tobi haben Pizza gemacht; sie fragen ihn nicht nach Innsbruck. Jetzt noch nicht. Sie lassen ihn erst einmal ankommen. Als Marta zuhause ist, steht Tom vor der Wohnung. Er hat einen kleinen Blumenstrauß in der Hand und gibt ihr einen Kuss auf die Wange. Und Rafa räumt in Innsbruck seine Wohnung auf, nimmt die Nudeln aus der Vorratskammer und setzt Wasser auf. Jetzt, wo er wieder alleine ist, fühlt sich diese Wohnung hellhöriger an.

Auch in den kommenden Wochen kehrt der Alltag zurück. Paula stellt eine Klassenarbeit zu *Tschick*, Marta steht im Laden und berät die Kunden, David bricht zu einer neuen Reise auf, Rafa fliegt zu einem Shooting nach Schweden.

Bens Beerdigung kommt ihnen vor, als wäre sie Jahre her. Manchmal denken sie an den Tag in Innsbruck, manchmal denken sie aneinander. Sie haben alle Bens Zeile im Kopf, dass er sich wünscht, sie wären noch Freunde. Vielleicht gelingt ihnen das. Es kann sein, dass sie seinem Wunsch irgendwann nachkommen. Vielleicht in diesem Leben, vielleicht im nächsten.

Ende

Danksagung

Ich komme nicht mehr ohne einen Text aus. Ich weiß auch gar nicht, wo ich anfangen soll, deshalb starte ich beim Offensichtlichen. Ich danke meiner Traumfabrik *Books On Demand* dafür, dass ihr es Autoren wie mir ermöglicht, unsere Werke zu veröffentlichen und das auf eine so professionelle Art und Weise, dass wir mit den Veröffentlichungen von Verlagen durchaus mithalten können. Das zeigen diverse Buchpreise.

Außerdem danke ich Chris Ensminger. Er hat sich wieder die Zeit und Mühe gemacht, einen Umschlag für meinen Roman zu gestalten. Ich bin glücklich darüber, dass du auch an meinem zweiten Projekt beteiligt bist und ich auf deine Professionalität zählen kann.

Ich danke außerdem Manuela Matzke, Canan Satim, Michelle Mork und Paula Ellerbrock dafür, dass sie meinen Roman korrekturgelesen haben.

Ich danke den Buchbloggern von Instagram und Co., die mir überhaupt erst den Eintritt in die Autorenwelt ermöglicht haben. Ihr habt meinen Debütroman gepusht, fleißig Rezensionen verfasst und mich ermutigt, diesen Weg weiterzugehen. Insbesondere danke ich Denise von everbook, die die erste Rezension zu *Grüß Göttin* verfasst hat, ebenso Josi und Toni von books.and.light und Jasmin Zipperling, die selbst eine wunderbare Autorin ist. Gleichzeitig bedanke ich mich bei all denjenigen, die mir eine Präsentationsfläche bereitgestellt haben. Allen voran die Thalia-Buchhandlung in Solingen und das Kunst- und Kulturzentrum Waldmeister in Solingen, bei dem ich meine erste eigene Lesung veranstalten durfte.

Außerdem möchte ich meinen Freunden danken, die mich auf diesem Weg begleiten. Die mir Mut machen, die hinter mir stehen. Ich weiß eure Unterstützung zu schätzen und ich bin stolz darauf, ein solches Umfeld in meinem Rücken zu wissen.

Zuletzt bedanke ich mich bei meinen Eltern. Danke, dass ihr an meiner Seite seid. Ohne euch wäre diese Reise nicht möglich.

Weitere Romane der Autorin:

Grüß Göttin

ISBN: 978-3-7481-0948-8, Taschenbuch 7,99€, E-Book 4,49€

Was glaubst Du, wie viele Menschen es da draußen gibt, die uns guttun und von denen wir nicht einmal wissen, dass es sie gibt?

Über Prag wollte die junge Lehrerin Elise aus Berlin ursprünglich nicht nach Zürich, doch auf ihrer Zugfahrt lernt sie die Künstlerin Babette kennen. Nach einer Zugpanne hinter Dresden beschließen die beiden Frauen in der kalten Winternacht alleine weiterzuziehen und schon bald wird Elise klar, dass mit dieser Frau alles ein großes Abenteuer ist. Was sie nicht weiß, Babette trägt ein schmerzhaftes Geheimnis in sich.

Leseprobe *Kapitel 1*

Ein Abenteuer beginnt meist ziemlich unbequem. Das pflegte meine Oma Lotte zu sagen und dieses Abenteuer – das größte, das ich je erleben würde –, begann äußerst *ziemlich unbequem.*

Berlin war Atlantis, eine Stadt versunken im Schnee. Und ich suchte das Glück, wusste nicht, wo ich es finden sollte, ahnte, es nicht in Berlin finden zu können und stieg in einen großen braunen Zug, der seine Endhaltestelle in Zürich haben sollte. Ich drückte meinen Rucksack fest vor meine Brust und hoffte, das Richtige zu tun.

Der Zug war alt, aber majestätisch. Er spielte mit seinem mittelalterlichen Charme, ließ die Wände knarren, die Beleuchtung flackern und hin und wieder die Motoren aufheulen. Ich glaubte, er machte sich lustig über uns, über all die Menschen, die sich bei dieser Wetterlage aus dem Haus wagten, weil sie irgendetwas antrieb. Irgendetwas, das so stark war, dass es sie nicht in der Sicherheit hielt.

Zugegebenermaßen hatte ich ein mulmiges Gefühl im Bauch, denn Berlin war für mich immer der sichere Hafen gewesen und der Ort, an dem ich glaubte, alles zu haben.

Nicht auf Anhieb fand ich einen Sitzplatz, stellte meinen Rucksack auf meine Knie und ließ ihn nicht los. Er war mein Schutzschild. Kein Krieger bricht in ein Abenteuer auf, ohne etwas zu haben, mit dem er sich zur Wehr setzen kann. Die Passagiere um mich herum lasen in dicken, abgegriffenen Büchern, kämpften mit dem Sportteil einer Zeitung oder tippten emsig auf die Tastatur ihres Laptops. Neben mir saß eine Frau, die hektisch Unterlagen sortierte und sich mit einem Kugelschreiber Notizen machte. Mir gegenüber saßen zwei junge Männer; der eine trug Kopfhörer und kaute laut auf seinem Kaugummi herum, der andere stierte schüchtern durch seine rahmenlose Brille. Ich beobachtete die ungleichen Erscheinungen eine Weile und erschrak, als der Typ mit den Kopfhörern seinen Kaugummi zerplatzen ließ. In der Vierersitzgruppe jenseits des Ganges saßen drei Frauen um die Dreißig, die ihrer Sprache nach aus Tschechien oder Polen kamen und die warme Wintermützen trugen.

Die Fensterscheiben des alten Zuges waren beschlagen, hin und wieder erkannte ich zuckende Lichter. Ich konzentrierte mich auf das Gespräch der drei Damen neben mir und verstand seltsam betonte Berliner Orte wie Reichstag, Brandenburger Tor, Hackescher Markt oder Fernsehturm. Eine der Dreien tippte, während sie sprach, auf ihrem riesengroßen Handy herum und nur wenn sie auflachte, löste sie den Blick von dem Bildschirm.

Dresden. Die beiden jungen Männer, die mir gegenübergesessen hatten, stiegen aus und ich erlaubte mir, meine Beine auszustrecken. Mir war kalt und ich war müde, es war kurz vor elf am Abend. Aus dem Augenwinkel beobachtete ich die neuzugestiegenen Passagiere. Viele schirmten sich mit Kopfhörern von der Umwelt ab, viele Blicke trafen sich nur flüchtig.

„Grüß Göttin", hörte ich plötzlich eine Stimme neben mir. Eine Frau hatte sich vor den Vierersitz gestellt, auf dem ich saß und zeigte auf den Platz mir gegenüber. „Ist hier noch frei?" Sie strahlte in einer Intensität, die sie von den anderen Zugpassagieren völlig unterschied.

„Ja", sagte ich freundlich.

Sie sah aus wie eine Katze. Zumindest ihre Augen waren katzenartig, oval, grau-grün und aufmerksam. Sie setzte sich mir gegenüber, lächelte mich mehrmals dankbar an und begann, sich die vereisten Schneeflocken aus den braunen Haaren zu ziehen. Sie legte ihren Rucksack auf den Fensterplatz und ich ertappte mich dabei, sie unentwegt anzustarren. Ich zwang mich, wegzusehen. Es war faszinierend, nein, *sie* war faszinierend. Ihre Ausstrahlung war einnehmend, ohne einzuschränken, einschüchternd, ohne zu distanzieren. Sie kam in diesen Zug um kurz vor elf und für eine winzige Sekunde blieb die Zeit stehen.

Nachdem der Zug losgefahren war, dauerte es ungefähr eine halbe Stunde, bis er langsamer wurde, zweimal stockte, als versuchte er zu bremsen, und dann nach weiteren zwanzig Minuten Schleichfahrt anhielt. Das Licht der dämmrigen Lampen an der Decke flackerte, ging aus und flackerte erneut geheimnisvoll. In dem Abteil begannen die Passagiere miteinander zu tuscheln, vereinzelt standen sie auf, um die Gänge hinunterzusehen. Irgendwo weiter entfernt schrie ein kleines Kind.

Die Katzenfrau legte ein braunes Buch auf ihren Schoß und sah sich amüsiert um. „Was ist das denn?", fragte sie belustigt, wobei ihre Augen fröhlich funkelten. Sie sah mich an. Die Farben ihrer Augen waren unheimlich, mal grau, mal leuchtend grün.

„Geht bestimmt gleich weiter", sagte ich und erwiderte ihr Lächeln.

„Ich hoffe, es geht gleich weiter. Ich habe wichtige Termine. Wir haben sowieso schon achtzehn Minuten Verspätung." Die Frau, die mit ihren Unterlagen neben mir saß, wischte genervt mit dem Ärmel ihrer Jacke über die Fensterscheibe, um nach draußen sehen zu können. Es war stockdunkel und mittlerweile kurz vor Mitternacht. Über ihre Schulter hinweg erkannte ich nur den leuchtenden Mondschein.

Für einen Augenblick bereute ich, hier zu sein. Hier und nicht zu Hause in meinem geliebten Berlin. Bei Mats. Ich ärgerte mich, dass ich so viel aufs Spiel setzte, um einem alten Traum zu folgen, den ich als junges Mädchen einmal geträumt hatte.

„Seit wann bist du im Zug?", fragte mich die Katzenfrau und riss mich aus meinen Gedanken. Im ersten Moment war ich überrascht, dass sie mit mir sprach.

„Berlin", sagte ich, lächelte und fragte mich, wie ein Mensch so grüne Augen haben konnte.

„Schöne Stadt. So laut, wild und bunt." Sie riss bei jedem Adjektiv, mit dem sie Berlin beschrieb, die Augen ein Stückchen weiter auf. „Ich habe für eine kurze Zeit selbst dort gelebt. Rosenthaler Platz, Torstraße. Magische Orte."

„Friedrichshain", sagte ich und merkte, dass sie mich musterte. Nicht auf diese kritische, skeptische Art, auf die man sich manchmal beobachtet fühlt, sondern auf eine liebenswürdige, liebevolle Weise. Für eine kurze Zeit schien sie in Gedanken zu schwelgen, aber dann fand sie ins Hier und Jetzt zurück und lächelte wieder ihr eigenes, ganz spezielles Katzenlächeln.

Ich merkte, wie ich mich für sie interessierte und dass ich mich fragte, wer diese Frau war. Diese Frau, die so ganz anders war, anders als diejenigen, die mir heute schon begegnet waren, anders als diejenigen, die mit mir in diesem Zug saßen. Sie hatte eine ganz besondere Art, die Menschen anzusehen. Als wäre das ihre einzige Aufgabe auf dieser Welt, Menschen anzusehen und ihnen – wenn auch nur für einen kurzen Augenblick – ihre volle Aufmerksamkeit zu schenken. Wer war diese Frau? Warum fuhr sie mit diesem Zug? Wo wollte sie hin?

„Ich werde mich bei der Deutschen Bahn beschweren. So geht das ja nicht!", keifte die Frau, mit der sich die Katze und ich den Sitz teilten, in meine Gedanken.

Die Katzenfrau warf der hektischen Frau einen verständnisvollen und mir einen belustigten Blick zu. Ich fand sie sympathisch.

Mit einem Knacken eingeleitet sprach die Stimme des Zugführers durch kleine flache Lautsprecher, die über uns hingen, zu uns. „Sehr geehrte Fahrgäste, wir bitten den unverhofften Zwischenstopp vielmals zu entschuldigen. In wenigen Minuten erhalten wir Informationen aus dem Kontrollcenter der Deutschen Bahn und melden uns unverzüglich bei Ihnen, wann es weitergeht."

„Das ist ja die Höhe! Wann es weitergeht? Ich habe wichtige Termine", schrie die Frau neben mir in die Richtung der Lautsprecher.

Jetzt war ich es, die der Katze einen amüsierten Blick zuwarf, den sie belustigt erwiderte.

„Darf ich mal bitte vorbei?" Mit ihren Unterlagen unter dem einen und ihrer Tasche unter dem anderen Arm erhob sich unsere Sitznachbarin. Als die Geschäftsfrau davongerauscht war, stellte ich meinen Rucksack auf den Platz, auf dem sie gesessen hatte.

„Wohin fährst du, wenn ich fragen darf?" Die Katze hatte ihren Kopf leicht gesenkt und sah mich von unten nach oben an.

„Ich habe ein Vorstellungsgespräch in Zürich", sagte ich freundlich. Ich freute mich, dass sie ein Gespräch mit mir beginnen wollte.

„Als was stellst du dich vor?"

„Lektorin", antwortete ich.

Sie nickte interessiert und beobachtete mich kurz.

„Willst du auch in die Schweiz?", fragte ich.

„Ja", sagte sie ohne weiteren Erklärungen und ließ das Leuchten ihrer Augen für sich sprechen.

Kurz darauf knackte der Lautsprecher über uns ein zweites Mal: „Sehr geehrte Fahrgäste, ich bitte Sie nochmal um Ihre Aufmerksamkeit. Wir können die Weiterfahrt zum aktuellen Zeitpunkt nicht wieder aufnehmen. Techniker der Deutschen Bahn sind auf dem Weg zu uns." Es gab Gemurmel im Hintergrund. Der Sprecher räusperte sich. „Wir möchten uns für die Unannehmlichkeiten entschuldigen und wir versprechen Ihnen, alles in unserer Machtstehende zu tun, damit wir bald weiterfahren können. Die Wetterbedingungen erschweren es uns, schnelle Hilfe zu erhalten. Wir melden uns mit weiteren Informationen."

Die Stimmen der Passagiere im Abteil wurden lauter, erzürnter. Die Leute wollten ankommen. Ein Mann zog eine Zigarettenschachtel aus seiner Tasche, öffnete die Tür des

Abteils und sprang die Stufen hinunter in den Schnee. Ein paar andere taten es ihm gleich.

„Frische Luft könnte ich jetzt auch gut vertragen", sagte ich mehr zu mir selbst als zu der Katze. Ich beobachtete die Leute, die dem Mann nach draußen folgten.

„Wollen wir auch raus?", fragte mich die Katze. Ich sah ihr an, dass sie dasselbe Bedürfnis nach kühler Luft hatte wie ich.

Wir packten unsere Rucksäcke und verließen den Zug. Auf dem Feld, auf dem der Zug gehalten hatte, standen mehrere Personen. Auch Männer und Frauen, die die Uniformen der Deutschen Bahn trugen, unterhielten sich und rauchten.

„Was für eine köstliche Sternennacht", sagte die Katzenfrau, als wir die kühle Winterluft einatmeten.

Ich wusste nicht recht, was ich zu ihr sagen sollte. Es war nicht so, als hätte ich nicht gewusst, was ich sie hätte fragen sollen, aber ich fühlte mich auf eine merkwürdige Art und Weise von ihr berührt. Nach kurzer Zeit überwand ich mich: „Mein Freund, Mats, ist gegen diese Reise. Er ist mit seinem Job an Berlin gebunden und er hat Angst, dass ich gehe." Ich atmete tief die kalte Nachtluft ein und als ich ausatmete, bildete sich ein kleines Wölkchen, das sich schnell wieder auflöste.

„Weshalb ist es dir so wichtig, dich dort vorzustellen?", fragte mich die Katzenfrau.

Ich zuckte mit den Achseln und fühlte mich seltsam, weil ich ihr diese Frage nicht gleich beantworten konnte.

„Vielleicht, weil ich eine Herausforderung suche. Oder ein Abenteuer." Ich lachte über meine eigenen Worte.

„Ein Abenteuer", sagte die Katzenfrau in einem ganz seltsamen Tonfall. Als ich zu ihr sah, sprühten ihre Augen Funken. Ich hatte noch nie eine solche Regung bei einem Menschen gesehen. Es war, als würde sie von innen heraus explodieren. „Abenteuer sind wunderbar. Abenteuer heißt auch immer wagen, verrückt sein. Wir könnten einfach losgehen. Nach da!" Die Katze zeigte in eine Richtung, in der Bäume standen. Sie überlegte noch etwas hinzuzufügen, aber sie ließ es.

Ich schmunzelte leise und riss gleichzeitig erschrocken die Augen auf. Ihr Vorschlag war bescheuert und völlig absurd, aber er traf mich. Das war genau, wie ich immer sein wollte: Einfach los und mal sehen, was passiert. Solche Menschen hatte ich immer beneidet, ihre Leben hatte ich mir so aufregend vorgestellt. Aber das war nicht ich, Elise Rose.

Die Katze sah, dass sie mich damit packte, aber sie drehte sich zur Zugtüre um und deutete nach drinnen. „Ich glaube, sie verteilen Tee."

Ich zögerte einen Moment, ich stand näher am Eingang als sie, also ergriff ich die Stange, an der ich mich auf die erste Stufe ziehen konnte. Doch plötzlich fasste sie meinen Arm.

„Wovor hast..." Die Katze zögerte einen Augenblick, aber als sie weitersprach, klang sie entschlossen, die richtigen Worte gefunden zu haben. „Wovor hast du mehr Angst? Vor Sicherheit oder vor Freiheit?"

Ich ließ die Stange los als hätte mich ein elektrischer Schlag getroffen. Eine eiserne Faust bohrte sich in meinen Magen. Ich fühlte mich als müsste ich nach Luft schnappen, um nicht zu ersticken. Alles um mich herum schien sich in rasender Geschwindigkeit zu bewegen. Als wäre ich der Mittelpunkt der Welt und alles andere geriete außer Kontrolle.

Sie wusste, dass ich das nicht ohne weiteres und schon gar nicht, ohne darüber nachzudenken, beantworten konnte. Und sie wusste auch, dass ich mich bei dieser Frage nicht auf mein Bauchgefühl verlassen würde.

Wir standen unter einem glitzernden Sternenhimmel. Die Nacht war nicht zu kalt. Neben uns der eigentlich wunderschöne alte dunkelbraune, in der Dunkelheit fast schwarze Zug, einer von denen, die man heute nur noch selten sieht. Es war der perfekte Moment für ein Abenteuer.

Die Katze hielt mir ihre Hand hin. „Ich bin Babette", flüsterte sie.